中国短经典

孙甘露 著

我是少年酒坛子

人民文学出版社

图书在版编目(CIP)数据

我是少年酒坛子/孙甘露著.—北京:人民文学出版社,2018

(中国短经典)

ISBN 978-7-02-014110-4

Ⅰ.①我… Ⅱ.①孙… Ⅲ.①短篇小说-小说集-中国-当代 Ⅳ.①I247.7

中国版本图书馆 CIP 数据核字(2018)第 063961 号

责任编辑　甘　慧　杜玉花
装帧设计　高静芳
封面绘画　林　田

出版发行　人民文学出版社
社　　址　北京市朝内大街 166 号
邮政编码　100705
网　　址　http://www.rw-cn.com

印　　制　上海利丰雅高印刷有限公司
经　　销　全国新华书店等

字　　数　139 千字
开　　本　890×1240 毫米　1/32
印　　张　7.5
版　　次　2018 年 9 月北京第 1 版
印　　次　2018 年 9 月第 1 次印刷

书　　号　978-7-02-014110-4
定　　价　49.90 元

如有印装质量问题,请与本社图书销售中心调换。电话:010-65233595

目录

忆秦娥	001
请女人猜谜	039
我是少年酒坛子	081
夜晚的语言	097
仿　佛	111
访问梦境	147
信使之函	197

忆秦娥

故别虽一绪，事乃万族。

——江淹

我依然记得她的面容，但已不记得她的名字了。我那已经过世的祖母管她叫苏。那似乎是她的姓氏。这一老一少，就像一对密友。许多傍晚，她们在窗前半明半暗的光线中轻声交谈，一边摆弄着手中的织物——一顶兔灰色的小帽或是一条深红色的围巾。她几乎成了祖母最后岁月的玩伴。苏替祖母梳头，并且分吃一小块松脆的煎饼。她给祖母看她儿子的照片，一个夭折了的漂亮的非婚生男孩。她的气质中有一种香甜的东西，一经与优雅遇合在一起，便散发一种罕见的柔和动人之感。毫无疑问，苏是我心目中的偶像，由我在内心深处秘密塑造的完人。与如今我接触到的成人世界相去甚远。她是我母亲的朋友，因为某种当时我尚无力理解的原因，借住在我们家。她来时正是夏末秋初之际。虽然暑气尚未完全褪尽，但入夜已是凉风习习。我发着高烧（这是每年夏季结束时我的例行公事），两眼瞪着天花板。虚弱、无所事事而且心烦意乱。苏用一条湿毛巾蒙在我的额头上，以此取代了我枕边的画报和一些必须秘密翻阅的东西。乘祖母转身去厨房之际，她告诉我她看了我的读物。她顿住了话题，那意思是说她理解我的窘迫和不必要的羞愧。苏以意味深长的凝视（是的，凝视）结束了她的谈话。那是我初次领悟异性间谈话的美妙之处，那种种含蓄和节制无疑是一种享受，那温和的语调，由苏的唇间吐出的音节利索的汉语，带一点点江浙的妩媚音调，顷刻灌注我的全身。苏要是能够读到这些，一定会笑出声来。我将我的第一篇小说给她看时，她就以一个疑问句作为对我的忠告，想想看，离开了夸张，我们的感受可能无法说出。那篇幼稚的习作早已无处可寻，想必是作为垃圾被清扫掉了。但我确实受到了触动。我首次意识到我们写下的文字与我们的内心世界存在着怎样的鸿沟。这不是什么重大发现，但对一个少年却是影响深远。有一个时期，我时常梦见这条鸿沟，它的宽度类似一张双人床。这个隐喻怎么样？这是苏猛烈批评的方法之一。她知道我这是天性使然，或者说是积习难改。她对文学的趣味虽然有失偏颇，但总是引人入胜。她倾向于直接陈述，她认为坦率是一种能力而不是一种品质。当然，最终将被塑造成一种品质。这个词经过音调上的处理,几乎就是一种恶习。

我们之间有着许多共同感兴趣的事物,但是并不持久。随着我的体温恢复正常,我的阅读时间和能力都在下降。户外的一切都在呼唤着,阳光,风,植物的色泽,城市的喧闹,欢畅的感觉。当然,主要是我的几名怪里怪气的伙伴。我不知道,我就此错过了许多东西。冬季来临时,苏离开了。她临走时没有与我告别。苏给我留下了一个日记本,缎子封面的,如今已很少能在市场上见到。可能因为写过些什么,撕去了几页。她的赠言写在本子的最末一页,字体娟秀,仿佛是一部书的简短的附言:

年年柳色,灞陵伤别。
故别虽一绪,事乃万族。

我想,如今她已辨认不出我的模样。我的变化甚至超出了我对自己的估计。而她,岁月会给她添上衰老的痕迹,这是一种公平的做法。我们无一幸免。她的容貌、体型、姿态无论有什么变化,我都能欣然接受。我的这种客观态度正是由苏传授而来。她的举止、气息无时不在向你递送着应付日常生活的方法和尺度,她就像一个手法纯熟的玩牌者,将骗局摆弄得意趣盎然。

那是一个雨天,苏与另一名陌生男子一同来访,母亲和祖母在楼梯口迎候她们。那是我第一次见到苏，她穿着深灰色的尼龙雨衣，还带着雨伞，而那个男人头发湿漉漉的，仿佛只是与苏偶然相遇。他们在楼道里磨蹭了好一会儿，用以清除从外面带进来的雨水。这个形象，这个以两米见宽的楼道作为背景的妇人形象，我永难忘怀。窗外的雨幕，楼道内微弱的灯光，冒着潮气的楼梯扶手。她忽然抬起头，她看着我时目光是那么黯淡、涣散，仿佛出自一个病人，那里面没有多少哀伤的成分，至于怨气，更是毫无踪影。这不是人们相互结识时的那种目光，也许她从我的眼睛里看到了惊慌和迷惑，这种对视，完全的漠然，但却是记忆式的。如果我们年龄彼此接近，还会从中发现一丝回避的迹象。那是什么？它由苏的经历和我的求知的渴望所组成？如今，轮到我神情涣散而又漠然，目光中探求和梦幻的点点光斑早已消逝殆尽。苏说过，一旦记忆变成了一种饲料，你就离牲畜不远了。

祖母房间的门轻轻地关上，几乎是同时，传来那个男人的啜泣声。他并不诉说，只是一味地哭泣。那一瞬间，我感到是如此地孤寂无助。那个男人仿佛是为了他的一团糟的生活而哭泣，而我坐在楼梯上倾听着这凄恻的声音，我原本以为苏的声音会很快地加入进来，凭她的眼神，我有这种预感。但是过了很久，只是在那个男人不再抽泣时，苏才开始说话。她的嗓音很低，带着一种抚慰人心的沙沙声，她在请求原谅，缓慢地请求。什么事情，我无从知晓。我摆弄着有待充气的篮球，最后让它顺着楼梯滚了下去。

我正处在一个十分奇特的时期,从内心到外貌都发生了急剧的变化,那种灰暗绝望的情绪类似晚年的尤奈斯库。对文学和周围的一切都丧失了信仰,曾经令我无限愉悦的语词已经变得死气沉沉。我开始更多地意识到年龄和疾病以及一些生活的琐事,季节的更替(我越过了嬗变这个词)和天气的变化已经不再具有丝毫诗意。(我对自己说,不要再到文句中去寻找节奏和音响。韵律,噢,让它去吧。)固执、暴躁、内心矛盾已经成了我的日常状态。而生活不正是一种状态吗?我毫不迟疑地说,一个巨大的梦幻的时代已经结束了,精神中的某些东西已经死灭,我将进入一个物质的真空,它为一系列繁华的幻象所组成,各种器械——军械和手术器械,极度的尖端、造价高昂、冰冷、精致并且无菌。谁都知道它们连接着什么。诸如此类。且慢,不要用这类东西去惊扰别人,因为,用尤奈斯库的话说:我陷入了不可表达之中。坦白地说,在苏的故事再次困扰我之前,我在写一篇文学方面的研究文章(我力图将工作进行到底),题目是《蝉与翼》,试图平行研究亨利·詹姆斯的小说《阿斯彭手稿》和索尔·贝娄的《贡萨加诗稿》。后者被认为是前者的仿作。一位大师对另一位大师的模仿?!我准备的材料中有这样一句话:庸人模仿,天才抄袭。语出 T.S. 艾略特。另一组作品是衣修伍德的柏林故事之一《萨莉·鲍尔斯》

和卡波蒂的《在蒂法尼进早餐》，同时，两位影响稍逊的天才又必须分担至少是相互抄袭的臭名。我企图从中发现点什么。可笑的是，像是一种幻觉或者说症状，我也一直试图以寻找遗失的珍贵手稿为线索或者以一个动荡年代为背景，以一个一文不名的年轻作家与一名年轻女房客的际遇为题写一部小说，或者两部都写。

时光无情地流逝，我的研究进展缓慢。我焦虑地每天下楼四五次，看看信箱，到附近的小店铺里转转，似乎在日光灯照耀下的郊区商店里有什么灵丹妙药在等待着我。这种心情，倒跟克拉伦斯出现在马德里火车站时有几分相似，"充满了郁闷的活力和无所适从的聪慧"。我无法开始和结束每一天的工作，一切都显得紊乱不堪，仿佛在贝娄井然有序的叙述背后，隐含着某种令人意乱神迷的混乱。他在首页意味深长地写道：这辆汽车远在克拉伦斯出世之前就奔驰在马德里的大道上了。这个陈述可以被视作是次中心的呼语，它仿佛是无意地将克拉伦斯的马德里之行与一种潜在的不容僭越的古老事物联系了起来。隔开十页左右，他又假托诗人之笔写道：一首诗的生命可能比它的主题要长。又隔开十页，他让克拉伦斯模模糊糊地想到：一个活生生的女人大概比一个死去的诗人更有寻求的价值吧。但愿我所勾画的这种关系是一种谬误。

曼努埃尔·贡萨加，西班牙文学史上的隐形天才（克拉伦斯正是为他而来！），他的谈论钙质和欧姆的诗篇，或者如他的

《忏悔》，克拉伦斯喟叹道：哎，我们是怎样为了获得一切而失去一切的。（那个感叹词是我加的，多余而无用。类似于一切赞叹。）

这些人物才智卓然，对悲剧性的生活赠以优渥的情怀。我所指的人中间当然包括苏。对文学，她似乎天然地具有良好的素养。这种人你在哪里都不会在人群中错失她。她并不显示，但总是完全呈现出来。犹如水中的一道波纹。她的遭遇也正隐含在这样一个形容之中。

对我来说，她的出现显得有点突兀，有一点不期而至的味道。她的形象，正是我关心的中心所在，与她的身世、品位是一体的。这种感觉是照片无法复制的，它宛如介质，光线可以穿透，但是不会留下丝毫痕迹。她在亮光中一闪而过，这一印象经由许多时日所组成，并不归属于某一个特定的日子和时刻。在我的记忆中，苏由众多的形象连缀而成。矜持、太多的矜持，将一个狂野的心灵恰当地收进了一个躯壳。没有丝毫的隐瞒，一种信赖感叠加在矜持的外表之上。她只是为所欲为。她是个衣着入时的女人，与周围的环境从无格格不入之感，但也绝不耀眼夺目。仔细想来，衣物的面料较之款式稍稍远离了时尚。但那是一个什么样的年代，她已将恰如其分视作一种享受而非责任。她一再重复说过：我们又怎能将白天和夜晚混为一谈。这话简单至极，这就是她所要说的。

我不想令人产生一种错觉，仿佛我是在谈论一个活人。但是死亡也无损于她，在我的心目中，这件事与她无涉。对于一个消息，一个未曾亲眼目睹的实况，我是极为消极的，我不否认，但是我已经使之浪漫化了。仿佛她突然陷入了睡眠，遥遥无期而且永不返回，困乏使她不再苏醒，犹如无法解冻的冬眠，使蛇（作为意象）在无知中窒息。

苏的祖籍是山东馆陶，而她的出生地却是接近内蒙古的商都，她在那片贫瘠之地长到七岁，便由她做商贩的叔叔带到了南方。我据此推断她说话时若隐若现的江浙口音的来源。这是我所迷恋的，远远超过了对她的早期经历的关注。人们可以从家庭的迁徙活动中获知某种信息，借以勾画出具体而微抑或硕大无朋的时代氛围，但我往往对此视而不见。一处地名，一条在地图册中被微缩了的界线，山脉的颜色，河流的位置，有时与日月星辰分属于不同的宇宙。我想我们正在一个边缘地带，就像苏惯有的神色，开朗，清晰，同时也有晦涩的痕迹。

我无法向过去的日子回复，甚至倾心接近的意向也被自己认作是虚妄，而那些已不复存在的场景始终驱动着我，唤起我的追忆，使那些腼腆的，在内心深处无比荣耀的岁月萦回缭绕。这是一种饮酒微醉的感觉，它源自祖母的卧房，为一丝恐惧所诱导，在清洁的散发着淡淡的肥皂香味的床单之上，一股醇厚、辛辣的香气扑面而来。在这样的傍晚，房间里的光线令人沉醉，四下里充满了反光，窗户、镜子甚至已经有些褪色的墙面。苏持酒杯的样子有点自傲,她与祖母长时间地谈话,对饮,直到房间进入完全的昏暗,苏的侧影才移向台灯。

为什么总是这个形象?这样一幅画面意味着什么?苏和祖母。她们确实能够互相宽慰,她们在一起时的那种融洽的情景足以证明这一点。这种在回忆中摸索的方式似乎是为了掩盖苏的生活中的邪恶的一面,她的甚至在祖母看来也是荒淫的一面。但是祖母讨厌我使用娼妓这样的字眼。这不一样。她是这么说的。你应该设法理解她,而不是伤害她。我无法理解,我还不够老,老迈昏聩那时尚不适用于我。我还有许多心灵的疾患需要发作、诊治,我会逐渐沾染上一些恶习,这些事情都还在前方等着我。即使是处在青春萌动时期,我也隐约感到,理解是十分昂贵的,那是一个很少有人出得起的价。

我把我写的第一篇小说给她看,为的是引起她的注意。我的想法非常简单。我毫不掩饰地描写我的幻想,花园,古老而巨大的宅院,国籍不明的场所和依稀可辨的人物。我描绘了景色(如今我已再也看不到那样的景色),人们在黎明和深夜的莫名其妙的举动。还有,一星半点的性的憧憬,曲折、隐晦,不像是真正的健康的性。披着哲学的外衣,向往着语义上的成就,然而却是冰冷苍白的梦呓。其实,我的内心是一片荒漠,与今天没有什么两样。苏是足以洞察这一切的,她一边在厨房里来回忙碌,一边发表感想。我倚在厨房门口,看着苏和从蒸笼里冒出的腾腾热气,等待着我最钟爱的肉馅包子。"小作家,"她和蔼地说,"你不会成功的,你那么年青,就如此混乱。"苏指指自己的脑袋,在太阳穴上留下一小团面粉。"文学会为你的方法作证,而生活不会。"她又指了指自己的脑袋,将小面团带了下来。"你应该读黑格尔的《小逻辑》,清理你的思路。"我父亲的藏书中有这本书,但是不在我为自己开列的书目之中。苏觉察到了我的失望,她走近我,神情专注,语调恳切地说:"你想听听我的故事吗?"我当然想。于是我说可以。"你要仔细分辨其中虚构的部分。"她说。"为什么?"我问,"为什么要虚构?"

"为了让你分辨。"

这是苏为我上的第一堂文学写作课。

注意!当我引述别人的故事时,小说已经进入了一种双重虚构。她说得很干脆,仿佛她是在说,这是一件双面雨衣,如果再加以解释说,两面都可以穿,实属多余。

苏所讲述的故事,主要围绕着她儿子的父亲。一个南方人,祖先是福建的渔民。高大英俊,走起路来微微有点跛行。做事总是非常仓促,面带笑容时总是显得非常疲倦,他在一艘内河航运船上做厨子。苏初次遇见他时,他刚刚离婚,正憋着一肚子的火。他俩都在苏的一个教师朋友家里喝酒,他们没怎么交谈,苏就跟着他离开了。"那么轻易。"苏说,"连我自己都感到奇怪。要知道，我对他产生了一种感觉，我想要跟他生一个孩子，这是我从来没有过的感受。当然，那是后来的事。"

"那么，结局呢？"这是她叙述的必然结果，也正是我能够提出的唯一问题。

她笑了起来，"怎么会有什么结局？这种事情到死都没有完结。"

"为什么？"

她依然在笑。这可不是讲故事时所持的态度。

"应该怎样？"我一路问下去。

"谁？"我的祖母在背后问。她的出现中止了苏和我的谈话。她的目光仁慈而又严厉，仿佛我不该探询她俩之间的秘密似的。

我的祖母。她是那么老，那么慈祥，并且就她那个年龄来说，显得过分活跃。这不是靠素食和甩手操所能维持的。它源自天性，源自本能。有时候，我们也将这种现象称为青春永驻。噢，我不想编织什么神话，为了显得自己仿佛有些来由，便伪造说她是个一肚子民间传说和童话故事的老奶奶。根本不是这么一回事。我的童年根本就没有火炉、风灯、毯子、小板凳一类的东西。如果说我多少听到过几则人鬼参半的故事，那也基本是偷听来的。也就是各种场合的道听途说。我的祖母，确实足够老的，也足够仁慈，但她不会讲故事，她要是唠叨起来那就没个完，一件事要说上十遍或者在十件事之间颠来倒去地纠缠不休。只要她开口,我便避之唯恐不及。在记忆中,祖母并不是一个故事员,更多的是在发布道德训诫,因为她的年龄和在家庭内部的至尊地位,虽然言语亲切,但总有一种高高在上的架势。她一个人守寡多年,我想不该再对她老人家吹毛求疵。

但是,她确实成了我与苏之间的羁绊,她们同居一室,形影相随,亲密到了鬼鬼祟祟的地步。我无疑是受到了冷遇,但不是来自苏,而是来自无形的局面。祖母的房间成了我们家庭的涉外机构,这种感觉令我顿生遗憾。

我记得那个男人。那个每次来就躲进祖母的房间哭泣的男人。不是那个厨子。苏的儿子的父亲我从未见过。那时候我有点惧怕高大英俊的男人,他们要是笑起来,往往令我感到迷惑。而这一个不同,即使从一个儿童的角度来看,他也显得过于瘦弱。眉清目秀,像个书生。他也确实是个书生,研究二进制的《周易》和如今被认为具有可操作性的《论语》。他埋首于故纸堆中,总有几缕头发向上竖着,一旦脱离蒙满灰尘的典籍他便开始哭泣。以泪洗面是他的世俗形象。那时我尚不明白,这个弱不禁风的男人是为性爱而哭。苏说,这种事情是无以倾诉的,尤其在一个男人。他顽固地信奉自己的泪腺,苏说他是为哭而哭。我从她们的片言只语中获取印象,试图分辨其中的微妙之处。今天我知道,这只是徒劳。苏并不是一名悍妇，而男人总是为那些柔情似水的女子而伤怀落泪。我从未和这位古籍研究者交谈过，他总是来去匆匆。当然，我并不是说他总在哭泣。作为例外，一天深夜，通常在这种时候他已经告辞；我从床上起身，光着脚走出房门（是听从某种呼唤还是无所事事？）。祖母卧房的门虚掩着，这个为爱折磨得死去活来的男人，双膝及地，热泪盈眶。在苏敞露的胸前寻觅着、吞食着。苏低头抚弄着他的头发，我看不见她的目光。显然，祖母并不在房内。在这样的夜晚，在如此痛苦的时刻，人们本应各居其所，她们应该安眠于床榻，沉浸在睡梦之中。可以想见，那时我对于夜晚的了解是多么肤浅，以至于误以为自己是这个世界的一部分，一个有机的部分。我看到，在我的房间之外，我与世界的联系是多么脆弱。我再次变成孤零零的一个人。

仿佛是一个节日离我而去，它永不再来。虽然我可以期待来年，但那已是另一片景象，另一个故事。我似乎是涉足了一个过于喧闹的聚会，铭记着杯盘狼藉的场面，而对隐身其后的来龙去脉并不自知，事物本来是一个悬念，而现在却变成了结局。苏和我，成了两个遗世而立的身影，我们之间微弱联系的含义已被改变。我希望她从镜中看见了我，因为某些东西我们应当彼此获知。苏应该知道，我在观察、揣摩、测度，我在窥视她的生活，但是我一无所见。苏仿佛是彻底袒露的，她的行为举止表明她并不遮遮掩掩，而对此我正是盲目的。

这座城市，这片环境，我在其中居住多年，随着我的家庭四处搬迁，历经种种变故。我的外祖父、祖父、祖母都在其间相继辞世，悲伤来而复去，居室被改变、家产被变卖、书籍散失、家传的诸多信物也已不知踪影。生活时而沉寂时而喧哗，各种人物来来往往，在人生这个短暂而简易的舞台上，来回折腾，最终仆倒在地。有些人临终还面带着所谓功成名就的微笑，真是令人敬佩。

我总是这样设想，那几经改建的江堤，已经悄悄修改了城市的外观。那一片被称作外滩的地方，紧挨着浑浊的江水，涛声，满是锈迹的渡轮。那是苏领我去散步的地方。众多的阴云密布的时日，稀少的游人（那时候真是足够稀少的）。人们的脸上尚有悠闲的神色，会在街上停下脚步，因为某种原因，驻足眺望。这样一个上海已不复存在了。当然，它也许从未真正存在过。因为苏，因为时光飞逝，这一切都显得太像一段秘密的历史，越来越快地往深处塌陷，总有一天它会归于寂灭，因为她最初呈现的形象就是易逝的，她的美和毁灭在那时就已经注定。

那是最最不敬的一夜。我不想指出它的准确年代。那样做，又有何益？晚饭过后，我正在床上提前写我的当晚日记，母亲同校的一名教师正在钢琴上弹奏德彪西的《阿拉伯风》。

算了,我还是不要谈论音乐,那些乐谱在我看来就像挂满微型炸弹的铁丝网,总是令我望而却步。苏忽然走进母亲的房间。"她过去了。"她说。对此,母亲并不是毫无防备,但看到祖母苍白的面容时,她还是晕了过去。

如今,那个夜晚已经为我所简化。因为,祖母安享天年只是为事件提供了场景。

中国人惯常所须做的一切是免不了的。祖母的卧房很快被布置起来,刚才还在钢琴前抓来挠去的女教师,此时一副有条不紊的模样,仿佛是早就预备好了来操办丧事的。她替母亲打电话找来一些干瘦的男人,他们大都上了年纪,穿着素色的对襟褂子,手脚麻利地将帐幔、烛台、寿衣、棺木一一安放停当。随着医生、亲戚、邻居的人流,我看到一名架着眼镜的年轻男子出现在楼梯口。他戴着一顶鸭舌呢帽,披着一小段深色的围巾,两颊刮得干干净净。苏刚好端着青瓷果盘从母亲房里出来。见了他,便停了下来。她见我在过道的尽头注视他们,稍稍犹豫了一下,便招手让他跟自己进了祖母的卧房。

母亲说那个年轻人是来给祖母照相的。他在马勒住宅附近开有一家私人照相馆,曾经在报馆做过事。最后,他是苏的情人。母亲说,他们相好。

犹在梦中。嘈杂的人群散去了,那女教师也已帮着熄灭各处的电灯,披上披巾下楼回家去了。母亲躺在床边守候父亲的电话。一切都已就绪,我似乎是在等待什么东西降临。

年轻的照相师半蹲在祖母的棺木旁收拾他的提箱,而苏正在给祖母擦拭身体。她的动作细致、缓慢。她抿紧着嘴唇,神色中毫无倦意。

我的记忆是不会在此处终结的。我至今仍然认为那是一次亵渎,苏辜负了祖母对她的庇护。不知道她老人家的在天之灵会作何感想?我听见哭泣声,这声音将我从睡梦中惊醒。我循着声音来到了祖母卧房的门前,房门敞开着,透过层层白色的帐幔,在昏黄的烛光照射下,我目睹了我生活中最耻辱的一幕。苏和她的照相师互相爱抚着,吮吸着,她扑倒在祖母的棺木上,毫不掩饰地哭泣着,照相师忘情地扑身在上,仿佛是她的斗篷。这时,电话铃声响了起来,我想是我父亲打来的。这铃声响了好一阵,而苏和她的情人浑然不觉。苏只是一味地哭泣,这声音在不知底细的母亲听来大概非常入耳。我跑向母亲的房间。她刚刚醒来,看上去疲惫不堪。她刚刚拿起电话,却已是热泪盈眶。

我无意回避我的震惊,它混合着苏的恣意放纵所引发的冲击,它是阴郁的,潜在地包含着欣喜和受挫感。她的姿容暴露得让人无法回避。我很难完整地刻画她的形象,当我直接面对她时,我无疑遗漏了许多。就我个人而言,苏是珍贵的,我所钦慕的正是某种被称为官能的东西,这是一个少年很难抗拒的,它确实是洪水猛兽。问题是我并没有被吞噬,就像你避过了一场阵雨,如果是在热带,那又算得了什么呢?对苏而言,这一切并不仅仅意味着寻欢作乐。我试着为我的这一想法寻找依据。当然,我是徒劳的,至今我仍是一片茫然。

苏在沙逊大厦北面的一家饭店里设宴答谢我们全家。赴宴的只有母亲和我。一周前刚刚安葬了祖母。苏说她已经订妥了船票,准备离开此地。母亲执意挽留,苏只是一味地谢拒。下午两点光景,饭店里没有多少客人,这倒更像是一次茶点约会,而非宴请。上了许多菜,而母亲和苏只是说话,或者沉默不语,看着盘子里的浮油慢慢凝结。窗外的街道直通外滩,不时传来阵阵汽笛声。我既不看母亲,同时避免苏的目光,就这样一匙一匙喝着碗里的汤。一个无所思虑的下午,脑子里一片空白。仆欧结账时,苏忽然从包中取出纸烟,她示意母亲,母亲笑笑摆了摆手,苏便自顾点上慢慢吸了一口。饭后,苏提议去外滩走走,母亲推说头疼便先回去了。苏领着我朝江堤走去。我想,此时她可能十分怀念她儿子的父亲。我暗自思忖不知有朝一日是否会做一名厨子。但那种妻离子散的生活我是断然不能忍受的。

"你要去哪里?"

苏抬起手臂指着江面划了一圈。"谁知道呢。"她笑道。

"如果有一天我写了书,应该给你往哪儿寄?"我幻想着有这么一天。

"不必了。"苏说。她看出我伤心至极,便不再说话。少顷,她宽慰我道:"如果这本书对你十分重要,那你自己应该好好保存。别在乎谁会读它。实际上谁会在乎呢?"

一个人应当仔细阅读自己。这方面是苏给了我启示,从肉体到心灵,我是否已经无所畏惧地试过了?但这也是不会有答案的。但我不会躲入一个书本的世界(也许它是我的必由之路),虽然我看到它向我展开,充满了魅惑,吁请,令人无法无动于衷。但我仍然要尝试着逃避。苏紧紧地握着我的手,这正是我所需要的,此时此刻,我别无所求。

可以想见,那个时候,对苏的迷恋遮蔽了一切。祖母的故世被一场情欲之火减低了它应有的哀痛。对死亡,我知之甚少,或者说我误以为那也是一种迷狂。即便是今天,仅仅是谈论它,都会令我觉得自己矫揉造作。除非我不是在谈论自己,而他者的死亡,多少有点形而上学的味道。如若不是感情泛滥的话。

她原本应该很快离去的。但散步回家后苏就病倒了,整夜高烧,上吐下泻的。夜里,母亲替她换了两次床单,椅子和地板上,到处都是呕吐物。第二天清晨,苏已是不省人事。母亲将我反锁在房间里,以免受到惊吓。自从苏出现在我们家,我已是惊恐万状,但我还是感激母亲顾及这一点。我自觉地待在房间里，将床单蒙在头上，自言自语，借以解脱变相囚禁带来的焦虑。隔着房门，楼梯上下满是脚步声。祖母撒手人寰的那个夜晚似乎再度重演。不一会儿，传来苏的呻吟，间或是其他什么人的高声争执。我猜想，大概是一些江湖郎中，因为有人扬言要给苏放血。对于医学，我几乎算是个白痴，我不明白人们到底在议论些什么。我暗自祈祷，用我最为温柔的感情，让苏免受皮肉之苦，因为我已经听见手术器械的碰撞声。事实上，我已进入梦乡，对身边发生的一切并不知情。我疲倦已极，根本无暇顾及旁人的喜怒哀乐。

我的父亲从汉口归来，带着简单的行李。入门之时，一副旅人的风尘相。母亲就此躺倒，直至父亲再度离家，其间她一直病着。我从来不知父亲在外经营什么，他的生活，我是说那种最微观的部分，我无从知晓。在家人眼中父亲是个勤勉、诚恳而又惯于孤身闯荡的人。就我个人的观点，他似乎是有点惧怕婚姻。当然，我们父子之间极少交流，通常是他进门之后，我们互致问候，接下来便没了话题。他的沉默寡言，目光中固执任性的成分丝毫不见改变。我深信，随着时间的推移，我们彼此间相互了解的愿望日趋淡漠，他变得越来越陌生，像个异乡人一样操着难懂的方言，他说些什么，我真是永远也弄不明白。他与母亲原来颇像一双兄妹，外形举止，互为映照。逐渐地，父亲成了另外一个人，他的神态中有了一种房客的感觉。

回家使他手足无措，找不到东西，经常让椅子绊着，站在窗前发呆或是莫名其妙地叹气。他对母亲彬彬有礼，言辞适度，仿佛是一名慈善机构的代表。他跟苏倒还融洽，并不因为母亲的安排有何不悦。他多少还有点孝心，听着苏回忆祖母弥留之际的种种事迹，常常黯然神伤。过了不足十日，父亲就回汉口去了。此后依然间或往返两地，仿佛出自习惯一直延续着，不似那种从此杳无音讯的伤感故事。这是在苏的影响之外，我接触到的最为意味深长的故事。虽说它出自我的家庭，由于我父亲的游子形象，我仍将它视作一个启示。婚姻是一个片断，闪闪烁烁，迎合我们的内在需要，如果其长度恰好等同于我们的生命，通常令人无言以对。

那段日子，我每日往返于两个女人的病榻之间，沉溺于一大堆琐事。在煮水的茶壶前沉思，分派药丸，上药房和烟纸店，途中就近拜访我的伙伴，但他们一律用异样的眼光看我，仿佛我是什么不祥之物。母亲和苏全都虚弱不堪，一半因为药物的因素，她们不断睡去又不断醒来。我似乎是为了证明她们依然活着而徘徊于屋顶之下。我想，那就是一个幽灵的形象。有时，母亲和苏会将手轻轻地伸给我，它们是如此相似，柔弱、苍白、掌心潮湿。她们何以会聚在一起，像两个迟暮之年的妇人，头发在枕巾上轻轻散开，稀疏得令人害怕。她们会提出一些近似的问题让我作答，像是为了缓解我的恐慌。她们使我与窗外的那个世界疏远，她们自己成了我与世界的唯一中介。但那却是我一生中最最充实的时光，它具有某种标志作用，使我具备辨认疯子的能力，我毫不怀疑那些装疯卖傻的角色不易逃过我的视线。我开始如此识别人事，并据此分类，仿佛街上的行人有一半出自疯人院的大门。我知道，这一念头是疯狂的，但与我当时在屋内逡巡的状态吻合。我想停下来，或者说按照小说的法则进入转折，向着一片开阔地带，也许是更为狭窄的幽暗之路。这个通道是否一直在等候着我，不为幻想和语言所动，犹如一个色欲和友情的深渊。

苏的身体渐渐开始恢复，她的情况比母亲要好得多。于是，书生和照相师便轮番在楼梯口出现。还有其他男人，装作医生模样或者说装作客观冷静不动声色。他们来自不同的社会阶层，言谈举止相异其趣，前后总计约有十多个。总的来说他们都十分礼貌，只是在苏的床边伫立片刻，便告辞退了出来。有时，他们相互之间也攀谈几句，在楼道里点上一支烟，掸一掸帽子上那看不见的灰尘。这时，他们的神情很像一对陌生的路人，那份讲究真是滑稽透顶。我负责他们的迎送工作，将这些来路不明的人一一铭记在心，过后前去告之我的母亲，仿佛那也是对她的安慰。而另一方面，我似乎并不期待苏很快康复。她的卧于病榻之上的形象更适合于我。每当我来到她的床边，俯身探望之时，我便陶醉于此，这感觉不会轻易消失，但需要培植、增添养料。而苏似乎也欣然接受我的幼稚的迷恋以及感情上的馈赠。这时，她的笑容是惬意的，仿佛在向她的面容深处唤回淡淡的容光。

深秋的一天，有人给苏送来了玫瑰。满满一大捧，由一位文静的女学生模样的姑娘坐三轮车送来的。苏显得异常高兴，她仔细地将玫瑰插入花瓶，安放妥当之后，苏走进我的房间，用一种要与我分享秘密的口吻说：我要去会一位朋友，但是我需要一名旅伴。

"很远吗？"旅伴这说法令我想入非非。

"走着去，花不了半小时。"我有点失望，但我原先暗自期待的旅途似乎也长不了多少。只是一种心情，无以名状，仿佛旅程能加以证实。我找出我的皮鞋，在楼道里猛刷一气，致使双手沾满了鞋油。在路上，我们也许可以讨论文学，这个话题在我和苏之间几乎已被遗忘。苏收拾停当从房间里出来，穿了一件深色的条纹细呢上衣。虽说穿得早了点，但与苏大病初愈后的面容倒也相配。

我们最终放弃了步行前往的计划。室外风很大，苏决定乘坐有轨电车去，于是我们穿过一条僻巷，来到东面的马路上。在风中，苏微微有些颤抖，车站上没有多少候车的人。一个报童穿街而过。上车之前，苏将手伸给我。"小心你的皮鞋。"她说。

天快黑的时候，苏领我来到一幢灰色大楼前。路程远不止半个小时，一路上苏和我也没有谈论什么文学。她似乎又在发烧，脸色一阵阵地惨白。我完全盲目地跟着她走街串巷，对此行的目的一无所知。

我们乘电梯上到三楼，去敲一扇褐色的木门。一名女佣探出脑袋，见到苏，便侧身让我们进去。接下来的场面令人心酸，走廊尽头的大房间里，一个男人喝得烂醉，倒在沙发里。房间里一股难闻的霉味，东西堆放得十分凌乱，不知为什么，那女佣正用酒精替那公子哥擦身，他像死了一般，任凭女佣翻动他的身体，他的裤子褪到腿上，露出苍白难看的臀部，原先盖在身上的毯子滑落到地板上，苏俯身拾起湿乎乎的毛毯，一副伤心欲绝的样子，她让女佣去打盆热水来，说完，侧身在沙发边坐下，将那酒鬼的脑袋抱入怀中。

我永远也不会明白，苏的生活中（怀抱中）何以尽是此类人物。但从苏那儿是永远也得不到答案的。她是那种深藏不露的女人。母亲曾经告诫过我，那话听来仿佛是苏的生活的一个注释。她永远也不明白自己想要什么。

这怎么会呢？苏选择的男人，在我看来都是同一类型的。他们游手好闲，好吃懒做，无所事事却又是忧心忡忡。一副愁眉苦脸的可怜相，这些都是明白无误的。我对他们并不特别嫌恶。每当苏出现的时候，他们无一例外地显得特别的凄凉，犹如寒夜中的一名乞丐，穷愁潦倒到了极点。他们全都无可救药。

这个过着寄生生活的人，总算在苏的侍弄下醒了过来。"酒会，酒会。"他睁开眼睛，竭力回忆那个酒会的地点。"豪华，豪华呀！"他对苏赞叹道。苏无比怜爱地望着他，对他的胡话报以轻微的应答。地板上到处都是易碎的器皿，我竭力想把鲜红欲滴的玫瑰和眼前的一切联系起来。实际上这样做并不艰难。苏的温言款语就是他们的逻辑。（我是否接近了苏有关黑格尔的劝告？）"你饿吗？"噢，她在担心他会被饥饿所吞噬，而不是淹死在酒精之中。这种人由罂粟所陪伴，通过烟枪抓住了生活的要素，仰仗瞳仁里纤弱的光芒俘获苏的前额和嘴唇。他的瘦骨嶙峋的身影里有一种处女式的无辜风韵，这样的人将会置苏于死地。忽然，他开始辱骂她，得了疟疾似的浑身上下颤个不停。这本来似乎是苏的病症。而这也是一种僭越。他用咒骂来醒酒，以此搜寻苏身上的创伤。苏是沉默的，丝毫也不阴郁，眼眶里含着泪水。他开始砸东西，掀翻椅子，将酒瓶扔到窗外，并且竖起耳朵等着那声响，他咬牙切齿地扑向苏，对她又拉又拽。这时已经是第二天黎明。

我是如此渺小，在暴行面前，被苏领到隔壁的房间。苏命令我睡下。她让我保持安静，而我浑身上下似乎均已碎裂。虽然如此，我的目光中仍然不包含敌意，因为苏的洁净的目光中也没有储存敌意。

他衰竭了，也许是酒性已过。他又像一具尸体一般倒了下来，那巨大的声响直刺我的耳膜。我想，苏又将重回他的身边，守护着她的可悲的财产，她将亲吻他，我已深知这一点。

谁是愚昧的？来自荒僻地区的人，还是过分沉溺于书本不肯抬头的人？所有那些夜晚，在我兀自巡游之时，苏的形象已经向我显灵。我的目光所接触的已构成了真实的阅读，它赤裸、贪心，彻底沉浸在肉欲之中，甚至不为自己保留一幅平息之后可能需要的肖像，哪怕是一幅弄臣、小丑的肖像，或者一帧假面。这正是它的触目惊心之处。

这天傍晚，当这位酒徒清醒过来后，我被邀请与他一同外出吃饭。他穿一件晃里晃荡的西服在前面引路，一会儿停下来点烟，走几步又停下来擤鼻涕。就他个人而言是十分喧哗的。从他的背影看，他是个生机勃勃、没有什么恶习的有为青年。当然，这也仅指他没有被杯中物完全控制的时候。我在他背后亦步亦趋之时，根本没有意识到，他这么雄赳赳的，正是奔一家酒馆而去。

他先去卡尔登公寓索讨别人的欠账，进门之前，他转过身来问我，"我看上去怎么样？"

"你没刮胡子。"我如实相告。

"嗯。"他摸了摸下巴，"不过没什么关系。这样吧，你去功德林门前等我，欠我钱的人最见不得小孩。"

"我不是小孩。再说，"我补充道，"我不想吃素食。"

"我也不喜欢素食,但你还是站到那儿等我。"他走进了公寓,但又退了出来,"我可以请你看戏,作为补偿。"

我想,这是个面面俱到的酒鬼。

现在。在回忆之中,那幕等候酒鬼的场景,在时间方面已经被压缩了。实际上,我一直等到天完全黑透,他才提着一个挺大的皮箱从公寓里出来。这时候,他才显得与他的酒鬼身份较为吻合。他提着皮箱,一步三晃,跌跌撞撞地往我这儿冲过来。

"快来帮我一把。"他吼道,"这鬼东西,死沉死沉的,不喝上几口,根本就提不动。"

我上前显示我的臂力,但箱子并不重,里面并没有塞满东西。我想,他只是虚弱而已。我们俩提着皮箱,转过街角,朝一家张灯结彩的饭店走去。这双人运输者的形象很像是一对结伴越货的人。

皮箱以及里面的东西确实是抵押品。他领着我在一张临街的桌旁坐下,而皮箱占据着另一把椅子。它是那么扎眼,高出桌子一大截,像是给桌子增加了一道围栏。

他要了酒。威士忌。对我来说非常陌生。他谦逊地说:"你应该喝点,在这个问题上,我对小孩没什么偏见。"

"不。"我谢绝了。

他显得有些遗憾,但很快,当然,在威士忌上来之后,他开始向我形容他的逼债经过。"没有钱,他居然对我说没有,不过，我很体谅他，他喝得比我多。结果，他给了一只箱子，衣服让我随便挑。你要看看吗？"说着他就要当众打开箱子。我再一次谢绝。

"那也好，我们就专心喝酒。"

"是你。"我纠正他，"不是我们。"

"那有什么关系，喝酒么，不分彼此。"他很快就醉了。我接受了邀请，但没吃上晚饭，最终，还是给苏挂了电话，让她来结账，并且接我们回去。

"谁的箱子？"苏问我。

"不知道，我在外面，没见到那个人。反正也是个酒鬼。"我说的倒是实话，只是经过了剪裁。这样，皮箱留在了饭店。后来，当他酒醒之后，并未记起皮箱的事。记忆对他来说似乎从来就不存在。

一位妇女，有关她的背景和来历，我一无所知，而我对她的兴趣也并不在具体的细节之上。一组地名，若干男人的身影，并不能向我传达多少具有决定意义的信息，一如涌现于衣修伍德笔端的萨莉·鲍尔斯。武断地说，它的全部魅力几乎都集中在最后的那张明信片上，等等！那仿佛是卡波蒂的故事，那上面写着：满怀深情。笔迹出自一个从作者视野中消逝了的女人。

"你是她的儿子?"中年人朝前探过身子来。

"不是。"

没等我解释,他便自言自语道:"那么你是她的兄弟。不,不对,她说过她没有兄弟。要不她是在骗我?"

非常像。我是说,与苏向我描述的那位电影演员的形象完全一致。

"苏和我母亲都出去了,她们去教堂了。"我如实传达。

"但今天并不是礼拜天呀?"演员很为自己的机智得意。

"她们去会一个朋友。"

"女的吗?"他确实善于辞令。

"男的。"我临时虚构了一个人。果然,非常见效。他开始在过道里烦躁地踱步,让焦急、疑虑、妒忌诸种表情在脸上轮番掠过,但并不一定按照我罗列的顺序。

"你,"他用手指着我,"知不知道那男的是从事什么职业的?"他怕我不得要领,做出老板、职员、打球的、教师等各种他自己认为颇具典型意义的动作或造型。我一个劲地摇头,表示否认和不懂。我看过这人出演的许多电影,多是一句道白或是如他刚才呈示的光有举动没有台词的一闪即过的角色。他曾以一部言情生活片而出名,片中,他饰演一名懒汉丈夫,他从不洗脚,甚至在他老婆将洗脚水端至他面前时,他依然拒不沾水,只是将双脚在脚盆上方搓来搓去,他首创了干洗法。在中国的早期电影史上风光过一小会儿。那是他的巅峰之作。而这会儿,他穿着一双锃亮的皮鞋,并且来回倒错着,借以表现他焦急难忍的心情。

我知道一些有关他的风流韵事,只是要我将他与苏联系在一起,着实有不少困难。只要想苏,单独的,不涉及旁人,就使我陷入忧郁。而这个有声电影早期的喜剧演员,只是一个落入俗套的丑角。虽然他长得相貌堂堂,但总是将脸拧成各种无以名状的怪样子。他以招徕人们的干笑为荣。就是这样一个人,赢得了苏的恋情。她临去教堂前,那去留不定的模样,修改了她一贯的矜持形象。

他们见面时,更是无所顾忌。像电影式的毫无保留地拥抱,接吻。仿佛我和母亲是两名免票观众。这位电影演员,对于自己的里外生活倒也坦然,他的态度赢得了苏,我就是这么推断的。他的普通话里,含有严重的南方口音,非常适宜向一位女子抒发他的感情。他是杰弗雷·乔叟的热烈的崇拜者,他从不朽的坎特伯雷故事中获得灵感和对生活的明朗态度。我猜想,苏的文学方面的对话者中就包含了他。"在他的妙趣横生的诗篇的开头,"他会这样说,"讲的就是武士。我喜爱那幅插图:武士缠着头巾,留着络腮胡子,面带微笑,骑在一匹偎头偎脑的马上,披风之下露出腰间佩带的小刀。在中世纪的阳光下,"他会忽然掉转话题,"那时的阳光是多么迷人哪!"这种时候,他说话就会结巴起来,他说自己总是随身携带好几副眼镜,分别用于阅读剧本,阻挡风沙,从远处眺望美女如云的夜总会的大门，坐在黑暗的电影院中独自神伤。

当他新婚燕尔（他绘声绘色地为我们描述），雄赳赳地要对他的新娘动手动脚之际，他就宣称自己是一名小武士。他说，武士一词由他妻子在婚床上听来自然含义无穷广大，但小字似乎包含了自谦、调侃、泛泛而谈之意，并且兼有骁勇、灵活、无孔不入的意思。这一切，他的妻子自然会慢慢领悟。婚后他的生活健康幸福，很少烦恼。直到有一天，他遇见了苏。

"我就要离婚啦！"他在饭桌上宣布。仿佛他是自己的解放者。而苏却是含笑不语。她笑盈盈地看着他，像是在欣赏一部影片。

无疑，他是我在饭桌上见过的最令人愉快的客人，甚至我对他的偏见都不能掩盖这一点。再者，我倾向于苏，苏对他的感情主宰了一切，包括我对世事的态度。

在苏最终离开我们之前，她和母亲都是平静的，那一段日子，家中很少有人来访。偶尔还会有人送花给苏，除此之外，仿佛生活已经停滞不前。苏离开了，无声无息的，并非出自预谋，想要避开我的视线，而是（我深信），出自遗忘。对我并不需要一次特别安排的道别，那样的话又会毫无道理地谈起文学，这是令所有的人都感到不自在的，我母亲能够容忍我在日常那神情恍惚的样子，但对一些特殊的场面，她没有把握，不知我会干出什么有悖常情的事来，而我也不想拂逆她的心愿。

苏走了。那以后，我没有再见她。围绕着她而出现的众多人物，也随之烟消云散。过了几年，有关她的消息零星传来。她依然居住在这座城市里的某一幢房子里，一会儿是这儿，一会儿是那儿，经常是东搬西迁，其间她和那个演员同居过一段。他们生有一个女儿，但苏最终还是遗弃了她和她的父亲。她若是不爱一个人，她是不会这么做的。我是指，她不会与人生育。我不知道这一念头源自何处，也许是一道目光、谈话间的一个手势，步态、语音中那种凄迷的腔调，总之，它曾经向我显现，并且常使之萦怀于心。苏离开之后，母亲便很少再提及她，似乎她只是将她视作一名曾经借宿的房客，仅此而已。母亲只是在忆及祖母时才会偶尔提到她。从某种意义上说，苏确实随着祖母的故世退出了我们的生活。

从那以后，我的个人生活中引进了几样新的内容：威士忌、烟、照相机、古典文学、美食以及对电影的无穷无尽的热爱。一个素不相识的人，可以根据这些东西推导出我的形象，再加上那个旧时代的背景，这就全了。

我还写过一些短篇故事，但全都遭到我母亲的痛斥。她称之为无聊透顶、庸俗、浅薄、无知。我很想知道为什么无知，对其余各项指责我倒无所谓，因为生活本来就无聊透顶。

但母亲对我的评论也就到此为止了。或许在她看来，无知是一个不宜展开的话题，你在某个领域里是无知的，那可能意味着你将永远是无知的。就像人们现在爱用的共时性概念，无知是无始无终的，并不因追加的事物而有所改变。这与那种对生活无所不知的人略有区别。算了，我还是停止分类吧，我并不想假装我是一个结构主义者。是不是并不重要，而是否假装才是至关重要的。这可能是我母亲的无知概念的内涵。

有一天（任意虚构的一天？我只是不记得它的确切的时间。地点我还记得），我遇见一位姑娘，她身上的某种东西唤起了我的记忆。我假设她就是苏和那位电影演员所生的女儿。她的脸上也确乎有一种生来就遭人遗弃的寂寞模样。她坐在房间的一个角落里，一副洁身自好的架势，一个喝醉了的家伙，端着酒杯，走了一段弧线，来到她面前，要求碰杯。他将脸凑近她耳旁，他说："你这是在为谁守身如玉？"说完，他就离开了，去走另一段弧线。

"他是喝醉了。"我向她解释，借以掩饰我偷听了他们谈话的窘迫。

"但愿你没有喝醉。"她不动声色。

"没有，肯定没有。"我对自己说，再喝一口，润一润嗓子，以免舌头打结，"我向你打听一个人，我想你一定认识的。不过，请你不要回避我的问题。"

"请说吧。"

"干杯！"祝贺谈话开始。"你的母亲是否已经离婚？她抛弃了你和你的父亲。"

"这是一个游戏吗？一个笑话？可不太精彩。"

"请回答！"我得再喝一口，我需要勇气，坚持到底。

"如果肯定的答案合你的胃口，那么是的。"

"是的！"我听见了是的。我在她身边坐下，"好吧，谈谈你的母亲，她怎么样？"

"嗯！"她似乎在竭力回忆或者选择恰当的措词，"她一直，一直很孤独。"

"毫无疑问。"我鼓励道，"干杯！"

那个沿弧线走路的人又回过来旁听。

"她，她一直一个人住。"

"这正是她的特点。"我想，我应该不时加以点评。

"她很爱我的父亲，也很爱我。"

"她是干什么的？"弧线人插话。

"是啊，她是干什么的？"这正是多年以来困扰着我的问题。

"她么，什么都干，也什么都不干。"

"为什么？"在弧线的终端，那男人问。

"什么为什么？她为什么要干？有什么要干的？"

许多人都聚拢来："对啊，有什么非干不可的？"他们议论纷纷。地板在咯吱咯吱地响，过来一些椅子，人们互相碰杯，喉咙里发出咕噜咕噜的声音，像是在漱口。

"她身体不太好，她老了。"众人一起叹息。这是无疑的。

"跳舞吧!"有人提议。人们一下子就散开了。"谁比较年轻?"走弧线的男人临走问一句。他并没有等待回答。

"除了这些,还有些什么?"现在只剩下我们两个人。

"你还想知道什么?"她依然非常平静,仿佛是她支配着游戏的进程。

"没有了。"谈话忽然终止了,我也不明白我究竟想知道什么?"谢谢你,干杯!"

"干杯!"她看看杯中的酒,然后一饮而尽。

"好吧,现在谈谈你自己,你母亲离开你之后,你怎么样,如何生活,还有你的父亲。"

我。她说道,我想说的是,你还是避免听我的故事。她紧紧地搂住我的手臂。那是在几天以后。母亲下楼送一位客人,我们在房间里喝着半温的茶水。静谧已极,寂静本身都几乎成了一种声音。我们相对无言,任凭手指交织缠绕着。她耳畔的锤状饰物闪动着微光,她的侧面、脖子,在长发之下,仿佛绿树掩映的村落,某种东西在那里消失、消耗。我遵循习惯(仿佛我曾经这样做过),缓慢地对她加以巡视。她的微笑中似乎包含着歉意,一种我所熟悉的东西。没有谁比我们更加心不在焉,我对我们所倾心不已的东西一无所见,或者在其近旁犹豫。我有时闭上眼睛,觉得自己是个幸存者,从战乱之中逃离,受了轻伤,交融于互不相识的人群中间,凝视着,试图发现她们备受折磨的身躯里所隐藏着的快乐。

我接近了她的外形、轮廓，看到那份轻度的惊恐，仿佛我要闯入某种反常的生活。她沉睡时，或者假装沉睡时，发出浊重的呼吸声，这会将我惊醒，并且陷入失眠状态。这是不可理喻的。对我自己尤其如此。

母亲从外面归来，走进我的房间，用一种询问的目光看着我。她也不会得到答案的。

她向母亲礼貌地微笑。我们继续喝茶。在这一瞬间，我看见自己从过往的生活撤出身来。我的悲悼的仪式已经结束，道具都已被撤换下来，灯光已经熄灭，深处的若明若暗的景象彻底消逝了。我们起身，下楼出门，来到街上。让人流将我们淹没。

谁也看不到生活的这一面，它存在于我们相互错失的一页中。我们读到的，最终只是无法接续的碎片。它们最后被装订成册，仿佛我们的生活原先只是一些活页文选。

"如果我有一天写了一本书。"

我听见我在说，一些类似的话。

"我不会读到的。"苏说。

我曾经想过，用一个最简单的字来形容苏，概括她的一生。我想到猫这个字，这中间没有寓意，因为我还想到了她所追逐的那些老鼠。如果每一句话都是一重象征的话，那是苏所无力负荷的。她这样的人，用一份摘要便可囊括其一生的艳史。苏的生命过于短暂，而且已离我越来越远，那些酒精、尖利的笑声、毫不节制的性欲、她的情人的平庸而怪异的面容都消失了。随同那个年代，仆欧和买办摩肩接踵，大楼的色泽和最初的装潢，那潮湿寒冷的冬季，洋泾浜英语，私人电台播送的肥皂广告，电影和剧社，有轨电车的铃声，轶闻趣事，全都变成了追忆的对象，而它的中心，就是苏的形象，激烈但是不为人知，它是秘密的和私人的，深陷在遗忘之中，只是向我展放。越来越像是镜中景象，冷漠、散漫、次要，在她的故事中没有诺言，如果你为此忧伤，那就永远忧伤。她像正午的沙漠灼热而又荒凉，彻底地袒露在哪儿，遥远而又切近，没有玄学的意味，却又使我执迷于此，正如别的事物，别的人之于其他的个人。

请女人猜谜

……我们有的不过是被我们虚度的瞬间,在时间之内和时间之外的瞬间,不过是一次消失在一道阳光之中的心烦意乱……或是听得过于深切而一无所闻的音乐……

　　　　　　　　　　　　　　　　　　——T.S.艾略特

怀念她们

　　这篇小说所涉及的所有人物都还活着。仿佛是由于一种我所遏制不住的激情的驱使,我贸然地在这篇题为《请女人猜谜》的小说中使用了她们的真实姓名。我不知道她们会怎样看待我的这一做法。如果我的叙述不小心在哪儿伤害了她们,那么，我恳切地请求她们原谅我，正如她们曾经做过的那样。

这一次，我部分放弃了曾经在《米酒之乡》中使用的方式，我想通过一篇小说的写作使自己成为迷途知返的浪子，重新回到读者的温暖的怀抱中去，与其他人分享二十世纪最后十年的美妙时光。

在家中读《嫉妒》

那年夏天。当然，我就不具体说是哪年夏天了。我在家里闲待了一个月，因为摔伤了手臂。白天，除了在几个房间里来回走动，再就是颠来倒去读罗布-格里耶的《嫉妒》，我无聊地支使自己仔细辨认书中的房间，按照小说的叙述，绘制一张包括露台、具有方位的平面图。我发现，按照罗布-格里耶的详尽描述，有一件物品是无论如何也放不到小说中所说的那个位置的。这极为重要。当然，不爱读《嫉妒》的读者例外。我问过十个人，其中一个是在街上冒险拦下的。十个人都不爱读。我想，我就不在这儿披露我的发现了。

尽管读《嫉妒》占去了我白天的大部分时间，在我的为炎热包围的感觉中，它仍是一件次要的事情。

一天傍晚，也就是男女老少纷纷洗澡，而又叫洗澡这事儿闹得心烦意乱的时候,我正坐在走廊里的席子上发愣。家里人全都看电影去了。我既没吃晚饭也没去打开电灯。这时,有人按响了门铃。

现在,我回忆当时所有的细节,总感到在哪儿有些疏漏。我首先感到门外是个我所不认识的人。我慢慢地走过去,打开了门。

果然是个女人。

她自我介绍说,她是因为读了我的小说来找我的麻烦的。她站在暗中,我看不清她的脸,我家对面的人家像是参与了这个阴谋似的,既不见灯光也听不见动静。

我对这类事一点好奇心也没有,我讨厌这些不明不白的人来跟我谈小说。但我内心慌乱,我想,是不是因为我没吃晚饭。

我问她都读过哪些小说,她说全部。我再问读过《眺望时间消逝》吗,她像是在思考我是不是在诈她,停顿了好一阵才说没有。我说那我们没什么可谈的了。其实我还没写这部书。

我不记得她是怎么走的,反正她说还要来,那语气就跟一个杀手没什么两样。她说先去把《眺望时间消逝》找来读一遍再说。

我回到席子上坐下,惊魂未定,寻思是否要连夜赶写一部《眺望时间消逝》。这时,门铃又响了。这回是看电影的人们回来了。他们大声喝问为什么不开灯,为什么不做饭,为什么……

有一件无关紧要的事在这儿说一下，我是半个月前从摩托车上摔下来的。当时我正绕着一个大花坛的水泥栅栏拐弯，冲着一辆横着过来的自行车做了一个避让动作，结局是飞身扑向地面，左肩先着地，就像有谁拉了我一把似的，一点也不疼，实际上是没有了知觉。许多人围上来看，指指点点，比划着什么，好像我没有摔死真是奇怪。他们不知道从车上失控飞出到接触地面虽然是一瞬间，但你能非常清晰地看到地面在你身下朝后飞速退去，最后一刹那，地面仿佛迎着你猛地站了起来。一个黑人作家描写过类似感受。

无可挽回。这是我能想到的比较诗意的词句。

我终于没写《眺望时间消逝》，好像是因为手臂疼得太厉害了。虽然骨头没伤着，但肌肉严重拉伤，我得定期去医院做电疗。

那天，我被护士安置到床上，接上电源。正寻思那个神秘的女人是怎么回事儿。那女护士转过身来，拉下大口罩，说，我读完了《眺望时间消逝》。

她注视着我的眼睛，"你要是感觉太烫，就告诉我。"

"不。"我看了床头的仪器一眼，什么玩意儿，一大堆电线从一只铝合金的匣子里通出来，刻度盘上的指针晃晃悠悠的。"不烫。"我重申了一遍。

她微笑了一下，在我身旁坐下，替我把手臂上的沙袋重新压了一下。

"你认为《眺望时间消逝》是你最好的小说吗?"

我一时没了词。这是怎么了,她是认错人了吧。

"你为什么一开始要提那条走廊,这样做不是太不严格了吗,这是一部涉及情感问题的小说,你要是先描写一朵花或者一湾湖水倒还情有可原,你的主人公呢,为什么写了四十页,他还没有起床。"

"你弄错了,"我想她明显是弄错了,"我的主人公一开始就坐着,他在思考问题,直到结束,他一直坐着。"

"可我为什么感到他是躺在床上呢?"

我在想一些小说的基本法则,好来跟她辩论。比如,第一个句子要简洁。从句不要太多。杜绝两个以上的前置词。频繁换行或者相反。用洗牌的方式编故事。在心绪恶劣的时候写有关爱情的对话。在一个句子里轮流形容一张脸和一个树桩……

进入河流

在写作《请女人猜谜》的同时,我在写另一部小说《眺望时间消逝》。这个名字来源于弗朗索瓦·萨冈的一部小说。那部小说叙述的是萨冈所擅长的那种犹犹豫豫的爱情。我提到这些，不是为了说明我在写这篇小说的时候是不够专心致志的，而是因为萨冈是后所喜爱的作家，尽管后坚持认为萨冈描写的爱情是不道德的。

你看，我已经使用了很多约定俗成的字眼了，但愿你能理解我的意思，而不仅仅是那些字眼。

如果睡眠不受打扰

我冒险叙述这个故事，有可能被看作是一种变态行为。其难点不在于它似乎是一件极为遥远的事情，而在于它仿佛与我瀚海般的内心宇宙的某一迷蒙而晦涩的幻觉相似，在我费力地回溯我的似水年华时，犹如某个法国女人说的，我似乎是在眺望时间消逝。

假如我坦率地承认我的盲目性，那么我要声明的是，我是这个故事的转述者。但我无力为可能出现的所有含混之处负责，因为这个故事的最初的陈述者或者说创造者是一个四处飘泊的扯谎者。

这个地方曾经有过许多名字，它们或美妙或丑恶，总之都令人难以忘怀，我不想为了我叙述的方便，再赐予它什么外部的东西了，我就叫它房间罢，因为我的故事的主人公叫士。他是一个被放逐者。

这个故事源自一些梦中的手势。

我想我一生中可能写成不多的几部小说，我力图使它们成为我的流逝的岁月的一部分。我想这不能算是一个过分的奢望。

我写作这篇小说的时候刚好是秋季。我的房间里空空荡荡的，除开我和那把椅子，再就是墙上画着的那扇窗户以及窗棂上的那抹夕阳了。

《眺望时间消逝》是我数年前写成的一部手稿，不幸的是它被我不小心遗失了，还有一种可能是它被我投入了遐想中的火炉，总之它消失不见了，我现在是在回忆这部小说。

我做的第一件事是在墙上画出一扇门。这件事非常紧急，因为外面已经有人准备敲门了。

这个人是一个流亡者，如果我的记忆没有发生错误的话，她来自森林腹地的一片沼泽。她就是与传说中的弑父者同名的那个女子，她叫后。

令我感到绝望的是，我不记得后此行的目的了，仿佛是为了寻找她的母亲，也可能是为了别的什么事情，比如，好让旅途之风吹散在她周身萦回不去的血腥之气。

我现在只能暂时将这一恼人的问题搁置不顾，或者假设她没有目的……

我已有很长一段时间足不出户，而旅行和寻找却依然是我的主题。我与自己温存地谈论这些，全不知它是一个古老的话题，已经被埋没了数千年了。

开始部分我就纠缠于一些细枝末节，孜孜不倦地回味后的往事，历数她美好的品德，刻画她光彩照人的性格，即使涉及她的隐私，也不忘表现其楚楚动人之处，似乎我对她了如指掌。

或许不是这样，我只是对她的遭遇表示了同情，将后的处境设计得悲惨而又天衣无缝，使人误以为那是一出悲剧，或者至少是一出悲剧的尾声。

可以肯定的仅有一点，那就是她已不是一位处女了。

接着，我描写了后所到之处的风景，似乎是为了探索环境的含义，我将秋天写得充满了温馨之感，每一片摇摇晃晃飘向地面的树叶都隐含着丰沛的情感，而季节本身则在此刻濒临枯竭。

但是，令人悲痛的是，在我的思绪即将接近我那部佚失的手稿时，我的内心突然地澄澈起来，在我的故事的上空光明朗照，后和她的经历的喻义烟消云散，而我置身其中的房间也已透进了真正的晚霞。我的后已从臆想中逃逸，而我深爱着的仅仅是有关后的幻觉。

我的故事的另一位主人公士是一位好兴致的男人。他的年龄我无法估量，设若他没有一百岁，那么他至少可以活到一百岁，不幸的是他生活在另一个时代，他完完全全不接受他处的境遇，他按照记忆中的时间固执地前往记忆中的地点，并且总是扫兴地使自己置身于一群尖酸的嘲弄者中间，他曾经是一位惊天动地的人物，而现在仅仅是一个瞎子。

此刻，他正在路边与后谈话，劝告她不要虚度年华。

"好了，我说完了，现在你不要挡我的道。"士严厉地命令后给他让路，"我要赶着去会一位友人。"

后的神色非常高贵，她伸开双臂似乎要在暮色中拥抱士："老人，请你告诉我……"

遗憾的是士不能满足后的要求。

士最初是一位医学院的学生，因为偷吃实验室里的蛇，而遭指控。于是，士放弃医学转向巫术。他在这个城市的街道上昼夜行走。

我先把士的结局告诉你。他最终成了一个真正意义上的残废。而后的结局是疯狂，一种近似迷醉的疯狂。她寓居在我的家中，随着时光的流逝渐渐地成了我的妻子。如今，我已确信，我是有预言能力的，只要我说出一切并且指明时间和地点，预兆就会应验。

祈　祷

很久以来，我总在怀疑我的记忆，我感到那些不期而至的诡异的幻觉不时地侵扰着它，有点类似印象主义画家笔下的肖像作品，轮廓线是模糊不清的，以此给人一种空气感。女护士的容貌在越来越浓的思绪的迷雾中消隐而去。时至今日，我甚至怀疑这一场景是我因叙述的方便而杜撰出来的。不然，它为什么总在一些关键处显得含混不清，总好像缺了点什么，而在另一方面又好像多了点什么，比如，一天似乎有二十五个小时。

我询问自己，我是否在期待艳遇，是否为梦中情人、心上人这一类语词搅浑了头，以为某些隐秘的事情真会随着一支秃笔在纸上画弄应运而生。

我以后还见过后，那是在我的一位朋友的家里。

这位朋友家独自占有一个荒寂的院子，住房大到令人难以置信。那是一个傍晚，来给我开门的正是后，她穿着一件类似睡袍的宽大衣裙。原先照在生了锈的铁门上的那一抹霞光正映在后的脑门上。

我跟她说，我没想到她也住在这儿。后说我这是一种比喻的说法，生活中很常见的。我没明白后的意思，跟在她的身后，向游廊尽头的一扇门走去。这可能是从前法国人盖的房子，在门楣上有一组水泥的花饰，巴洛克风格的。我正这么胡琢磨着，后在前面叫了一声。

她正仰着脑袋与楼上的一个妇人说话。那人好像跟她要什么东西，后告诉她在某个抽屉里，然后那人将脑袋从窗口缩了回去。

我预感到这院子里住着很多人，并且过的不是一种日常生活，而仿佛在上演一出戏剧的片断。

这出我权且将它称作《眺望时间消逝》的戏剧是这样开始。人们总是等到太阳落山的时候跑到院子里站一会儿，他们总是隔着窗子对话，他们的嗓音喑哑并且语焉不详，似乎在等待某种超自然的力量来战胜某种闲适的心态。他们在院子的阴影中穿梭往返是为了利用这一片刻时光搜寻自己的影子。因为他们认为灵魂是附在影子上。当然还有另外的说法。譬如，一个对自己的影子缺乏了解的人是孤独的。

院内人们的生活是缺乏秩序的，他们为内心冲动的驱使做出一些似是而非的举动。我想象后来给我开门即属此列。我推想院内的人们是不接纳外人的。因为他们生活在一种明澈的氛围之中。犹如陷入沉思的垂钓者，平静的水面无所不在而又视而不见。

这时候开始亲吻

在殖民地的夏季草坪上打英国板球的是写哀怨故事的体力充沛的乔治·奥威尔先生。一个星期之前的一个令人伤感的下午,他举着橄榄枝似的举着他的黑雨伞,从远处打量这片草坪时,他想到了亨利·詹姆斯的那部从洒满阳光的草坪写起的关于一位女士的冗长小说。他还想起了一个世纪之前的一次有关罗马的含义暧昧的诀别。"先生,您满意吗?"他在夏季这不紧不慢的雨中问自己。"不,我要在走过门厅时,将雨伞上的雨水大部分滴在地板上。"在乔治·奥威尔先生修长的身后,俯身蹲下的是仆役,是非常勤快的士。地板上的水很快就会被擦干净。生活是平淡而乏味的。这双靠得极近的浅蓝色的眼睛移向栅栏外的街道,晚上他将给妻子写信:亲爱的……

没有人了解士,正像人们不了解一部并不存在的有关士的书。城里人偶尔兴奋地谈起这个守床者,就像把信手翻至的某一页转达给别人,并不是基于他们对这一页的特殊理解,而是出于他们对片断的断章取义的便捷的热爱。他们对士的浮光掠影式的观察,给他们武断地评价士提供了肤浅的依据。士有一张深刻的脸,他会以一种深刻的方式弯腰捡球,他将高高兴兴地度过草坪边的一生,球僮的一生,高级仆役的一生,反正是深刻而值得的一生,不过是被践踏的一生。当他被写进书里就无可避免地成了抽象而乏味的令人生厌的一生。

乔治·奥威尔先生在英吉利海峡的一次颇为委婉的小小的风浪中一命归天，给心地善良的士的职业前程蒙上了不悦的阴影。

那是一个阴雨天，乔治·奥威尔先生的朋友们因场地潮湿只好坐在游廊里喝午茶，他们为被允许在主人回国期间任意使用他的球场和他的仆役心中充满了快意。他们的好兴致只是由于坏天气稍稍受了点儿败坏，他们用文雅的闲聊文雅地打发这个无聊透顶的下午。这种文明而颓废的气氛令在场的一条纯种苏格兰猎犬昏昏欲睡。感到惊讶的是在一旁听候使唤的士。他在伺候人的间隙不时地将他老练的目光越过阴沉沉的草坪，投向栅栏之外的街道。他欣慰地睨视那些在雨中匆匆跑过的车夫，由衷地怜悯这些在露天奔波糊口的同胞。乔治·奥威尔先生和他的高雅的朋友们在雨天是不玩球的，即使场地有一点湿也不玩。士知道这是主人爱惜草坪而不是爱惜他。但他为如此幸运而得意。而幸运就是要最充分地体验幸福。这是乔治·奥威尔先生的无数格言之一。

士看见骑着脚踏车的信差将一封信投进花园门口的信箱，他顺着思路怜悯起这个信差来。他没去设想一个噩耗正被塞进了信箱，塞进了行将烟消云散的好运气。

当士为草坪主人的朋友端上下一道点心时，他领受了这一不啻是灾难的打击。士的反应是沉稳而符合规格地放下托盘。

银制器皿和玻璃的碰撞声在他的心上轻轻地划下了一道痛苦的印记。

这个毕生热爱航海的英国佬就此从士的视野中消失了。据说，海葬倒是他生前诸多微小的愿望之一。

诗人以及忧郁

也不知是从什么时候开始，我热切地倾向于一种含糊其词的叙述了。我在其中生活了很久的这个城市已使我越来越感到陌生。它的曲折回旋的街道具有冷酷而令人发怵的迷宫的风格。它的雨夜的情怀和晴日的景致纷纷拥入我乱梦般的睡思。在我的同时代人的匆忙的奔波中我已由一个嗜梦者演变成了梦中人。我的世俗的情感被我的叙述谨慎地予以拒绝，我无可挽回地被我的坦率的梦想所葬送。我感到在粉红色的尘埃中，世人忘却了阳光被遮蔽后那明亮的灰色天空，人们不但拒绝一个详梦者同时拒绝与梦有关的一切甚至梦这个孤单的汉字。

我读过一首诗（这首诗的作者有可能是士）。我还记得它的若干片断，诗中有这样的语句：成年的时候我在午睡／在梦中握紧双手／在灰色的背景前闭目静坐／等她来翻开眼睑／她忧郁的头发／夏季里的一天。

这首诗的结束部分是这样的：手臂之间／思想和树篱一起成熟／拥抱的两种方式／也在其中。

这个人有可能以某种方式离开我们。我们现在就是在他的房间里，准备悼念他，我们悼念所有离开了我们的人。我们将在适当的时候离开我们自己。

我们的故事和我们写作这个属于我们的故事的时间是一致的。

它和阅读的时间不一致，它不可能存在于无限的新的阅读经验之中。它触及我们的想象，它是一团逐渐死去的感觉，任何试图使它复活乃至永生的鬼话都是谎言。

下午或者傍晚

在士的一生中，这是最为风和日丽的一天。正是在这个如今已难以辨认的日子里，士成了医学院的一名见习解剖师。他依然十分清晰地记得从杂乱无章的寝室去冷漠而又布满异味的解剖室时的情景。当他经过一个巨大的围有水泥栅栏的花坛时，一道刺目的阳光令他晕眩了片刻。一位丰满而轻佻的女护士推着一具尸体笑盈盈地打他身旁经过。士忽然产生了在空中灿烂的阳光中自如飘移的感觉，然后，他淡淡一笑。他认识到自古以来,他就绕着这个花坛行走,他从记事起就在这儿读书。有多美呀,他冲着女护士的背影说了一句。从此,士爱上了所有推手推车的女性,倘若她们娇艳,他则倍加珍爱。

夏天和写作

整整一个夏天,我犹如陷入了梦魇之中。我放弃了我所喜爱的法国作家,把他们的作品塞进我那布满灰尘的书架。即使夜深人静,独处的恬适促人沉思时,我也一反常态不去阅读它们,仿佛生怕被那奇妙的叙述引入平凡的妄想,使我丧失在每一个安谧的下午体会到的具体而无从把握的现实感。

我的手臂已经开始康复,力量和操纵什么的欲望也在每一簇神经和肌肉间苏醒,我又恢复了我在房间里的烦躁不安的走动。我在等待女护士的来临。

那个令人焦虑也令人愉快的夏季,后每天下午都上我这儿来。她给我带来三七片也给我带来叫人晕眩的各类消息,诸如步枪走火,尸体被盗,水上芭蕾或者赌具展销。当然,我逐渐听懂了后的微言大义,她似乎要带给我一个世事纷乱的假象,以此把胆战心惊的我困在家中。

"你写吧,你把我说的一切全写下来。"后注视着我,嘱咐道。

我知道，有一类女性是仁慈的，她们和蔼地告诉我们斑驳的世相，以此来取悦她们自己那柔弱的心灵。而这种优雅的气质最令人心醉。

我爱她的胡说八道，爱她的唾沫星子乱飞，爱她整洁的衣着和上色的指甲，爱她的步履她的带铁掌的皮鞋，总之，后使我迷恋。

整个夏天我从头至尾都是后的病人，我对她言听计从，我在三伏天里铺开五百格的稿纸，挥汗抒写一部可能叫作《眺望时间消逝》的书，我把后写进我的小说，以我的想入非非的叙述整治这个折腾了我一个夏天的女护士。我想我因交通事故落入后的手中如同她落入我的小说均属天意，这就是我们感情的奇异的关系。

我从来不打听后的身世，我向来没这嗜好。这倒不是我有什么优异的品德，只是我的虚构的禀赋和杜撰的热情取代了它。我想这样后和世界才更合我的心意。

我和后相处的日子是短暂而又愉快的，我从不打算在这类事情上搞什么创新，我们同别人一样说说笑笑，吵吵闹闹。对我们来说那种老式的、规规矩矩的、不太老练的方式更符合后和我的口味。我学习五十年代的激情把白衬衫的袖子卷得高高的，后学习三十年代的电影神色匆忙地走路。我们的爱情使我们渐渐地离原先的我们越来越远。我们相对于从前的岁月来说，已经面目全非。这种禁闭式的写作使我不安到如一名跳神的巫师，而每天准时前来的后则神色可疑得像一个偷运军火的无赖。我们在炎热的日子里气喘吁吁的，像两只狗一样相依为命。我们谈起那些著名的热烈的罗曼史就惭愧得无地自容。我们即使耗尽我们的情感也无济于事。于是，我们的爱情索性在我们各自的体内蹲伏起来。我们用更多的时间来琢磨傍晚的台风和深夜的闪电，等待在窗前出现一名或者两名魔鬼，我们被如许对恐惧的期盼统摄着，让走廊里的窗户叫风雨捣弄了一夜也不敢去关上。

我在研究小说中后的归宿时伴着惊恐和忧虑入睡，而后一直坐着等待黑夜过去。

永垂不朽

"我永远是一个忧郁的孩子。"说这句话的人是守床者士。这会儿，他正徜徉在十二月的夹竹桃的疏朗的阴影里，正午的忧伤的阳光在他屏息凝神的遐思里投下无可奈何的一瞥。他的脸庞仿佛蒙着思绪的薄纱，犹如躺在迷惘的睡眠里的处子。他把自己悲伤地设想为在窗前阳光下写作的作家，纯洁地舒展歌喉吟唱过了时的谣曲的合唱队次高音部的中年演员，战争时期的精疲力竭的和平使者或者某棵孤单的行道树下的失恋的少男。

在士的转瞬即逝的想象里命运的惩罚像祈祷书里的豪雨一样噼啪地下个不停。"我要保持沉默。"他像一个弱智儿童一样对自己唠叨这句过分诗意的叮嘱已有些年头了。尽管士在一生中情欲完全升华到令人困惑的头颅之后，才稍稍领悟到并没有一部情爱法典可供阅读。他这惨淡的一生就像一个弱视者迟到进入了漆黑一团的爱欲的影院，银幕上的对白和肉体是那么耀眼，而他还不知道自己的位置在哪里。按时入场的痴男怨女们掩面而泣的唏嘘声就像是对士的嘲弄。

士是各类文学作品的热心读者，他把这看成是苍白人生的唯一慰藉。文学语言帮助他进入日常语言的皱折之中，时间因之而展开，空间因此而变形。士感到于须臾之间进入了生命的电声控制室，不经意间打开了延时开关，他成了自己生命声音的影子。这个花哨的虚像对它的源泉形影不离，比沉溺在爱河里的缠绵的情侣更加难舍难分。

当非常潮湿的冬天来临的时候，后已经为自己在热切而宽敞的意念里收藏了好些心爱的玩意儿。列在首位的是一柄在锃亮的锋刃边缘文着裸女的小刻刀。这是后在一个星期六下午于一个吵吵嚷嚷的地摊上看好了的。在此之后，每逢星期六她都要去光顾一下小地摊，将这把小刻刀捧在手里，端详一番，用手指摩挲着锋刃一侧的裸女，心里美滋滋的。

同样使后心醉神迷的另一件玩物是一叠可以对折起来藏在裤袋里的三色画片，画上是几组精心绘制的小人儿，随着翻动画片可以得到几组乃至几十组遂人心愿而又各个不同的令人赏心悦目的画面来。这玩意儿是由一精瘦精瘦的老者所收藏的。这老人就是士。士的行踪飘忽不定，这给倾慕者后带来了不少麻烦，每当她被思念中的画中人搅得寝食不安时，她总得窜上大街在各个旮旯里搜寻三色画片的占有者。令后自己都感到惊异的是，尽管这些玩意儿全都使她倾心相恋，她的鬼迷心窍的行径也从未使她走上梁上君子的道路，她为自己的纯洁和坚贞由衷地自豪。就这样，她开始了自觉而孤独的人生旅程。

关闭的港口是冬季城市的一大景色，后则是这一奇观的忠实的观赏者。她混迹于闲散的人群之中，她们偶尔只交谈片言只语，意思含糊不清，几乎不构成思想的交流。这一群东张西望的男人女人，没有姓名，没有往事，彼此也没有联系。后在寒冷的码头上用想象之手触摸他们冷漠的面颊。他们三三两两地凑在一块，构成一个与社会疏离的个人幻景。忽然之间，他们中间某个人消失不见了，他们就像失去了一个游戏伙伴，顿时沉下脸来，仿佛他是破坏了规则而被除名的。后在他们中间生活了一阵子，他们用鸡毛蒜皮的小事来划分时代的方式令她胃疼。

询　问

所有生离死别的故事都开始于一次爱情。守床者士当时还是一个情窦初开的少年，这个黄皮肤的小家伙的怯生生的情态引发了一位寡妇的暮年之恋。

这位妇人，最初是在她的母亲不堪肺结核病的反复折磨引颈自刎之后，于一个冬日的黄昏，乘一艘吭哧吭哧直喘气的破货轮上这儿来的，那一年她刚满十七岁，却已经长就了一张妇人的脸，她的并不轻松的旅程使她的容貌平添一层憔悴。犹如牲口过秤一般没等安稳停当，便被一位中年谢顶的牙科医生娶了去，她不费吹灰之力使自己成了这个有着喜闻病人口臭的怪癖的庸医的女佣。正是在这时辰，在她痛不欲生而又无所作为的当口，作为迟暮之恋的过早的序幕上演了。

这个长着一双细长眼睛的美少年每周来上两次声乐课。他总是先轻轻地敲一阵门，然后，退到那一丛夹竹桃中间静静等候着。这一年春天，给士来开门的是这个日后注定要做寡妇的人。士刚刚叫叮叮咚咚的有轨电车震得有几丝紊乱的脑子清静下来，立即又让一双棕色的眼珠掠去了正常的判断。他们相爱了。当然，实际发生的爱情还要晚些时候才会出现。

士穿过带股子霉味的狭长走廊，来到牙科医生的卧室里。此刻新婚的牙科医生全然不顾户外的大好春光，紧闭窗帘，在靠床放置的那架琴键泛黄就跟病人的牙垢似的钢琴前正襟危坐。他要传授的是用呼吸控制发声。牙医强调了重点之后,便开始做生理解剖式的分析,他用一尘不染的纤长手指轻松地挑开士的小猪皮皮带。他开始告诉士横膈膜的位置,以及深度吸气以后内脏受压迫的位置。最后,牙医捎带指出了(同时也是强调指出了)生殖器的位置。他轻轻接触了一下,便收回手来。整个过程士始终屏住呼吸,所有歌唱呼吸的要素连同卡卢索、琪利的谆谆教诲全变成了一片喁喁情话,而那双棕色的眼睛则在卧床的另一侧无动于衷地更换内衣。

我的素材或者说原型是摇摆不定的,有一阵子他们似乎忧郁浪漫,适宜做玛格丽特·杜拉斯或者弗朗索瓦·萨冈笔下的男女,近来他们庸俗多了,身上沾染了少许岛民的褊狭和自命不凡,有点近似奥斯汀或者晚近的安格斯-威尔逊作品中尖酸刻薄的有闲阶层的子弟了。并且未来还有那么遥远、那么漫长的日子,说不准他们还乐意变成什么样子,晒黑了皮肤冒充印第安人抑或非洲土著也难说。

约而言之,我的典型人物是变化多端的,较之热衷于探索所谓小说形式的作者远胜一筹。

我不打算写一部伤感的回忆录,我知道人们讨厌这类假模假式的玩意儿。我们的大胆的暴露和剀切的忏悔早已使人倒了胃口,我们的微小的瑕疵和似是而非的痼疾已不再能唤起人们的恻隐之心。当人们把他们的同情心从一个优雅的躺在床上的变态者的迷人追述中移开时,他们已经宣告了自命不凡的时代的结束,人们谦恭而意味深长地相互告诫:不要自视太高,所谓痛苦是可以避免的。

人们早就认识到了所谓寓言的局限性,我们的疲软的世俗生活不需要此类拐弯抹角的享受,我们把人们惨淡经营的寓言奉还给过去了的岁月,有可能的话还保留给未来。在今日,人们是宁愿要一套崭新的架子鼓和一支烤烟型烟卷的。

当然,尽管尘世的迷雾不停地朝我袭来,使我难以辨认我笔下的人物,但我还是有决心将他们的来龙去脉查个水落石出,我几乎很快就想象出士的若干经历,他曾经居住在一座充满了恶棍和妓女的嘈杂不堪的小城里。他在广场路十七号的面具商店里干了多年,在那里虚掷了他的青春和他的寂寞。他每天晚上二十一点整骑自行车去面具商店,他们通常在半小时之后开始一天的营业。他们主要出售各种定制的面具。客户大都是有趣的人物,诸如,慈爱街纯洁天使什么的,全是一些正派人。

我已经日益衰老,一种对生活的冷漠和刻毒已经跑来损害我的叙述了,我小心地使自己避开那些沿街掷来的流言蜚语,努力使自己忘却人世间告密者的背叛行为以及爱情的创痛。但是,无论如何,我已经成了一个啰哩啰嗦的老怪物了,一切事物,我要是不给予它价值判断,我就无法活下去,我完全放弃了幽默感，我所擅长的就是使性子，尽管我的祖上仅是一名乡间红白喜事上受人雇佣的吹鼓手，但一种莫名其妙的自高自大已使我丧失了自知之明。我感觉到士的经历与我是相似的，只是在对待后或者换一句话说在对待爱情这一小问题上所具有的态度有些不一样。

虽然，士和我同样地其貌不扬，并且具有一种鬼鬼祟祟的神情，但士却是一个铁石心肠的男人，他能够轻易地穿过各式各样的爱情的草丛。在两次爱情之间停下来喘气的当口，仍然显得身手矫健。他能够毫不费力地同时扮演忠诚的爱人和偷情者两种角色，与此同时，还可以兼任技巧高超的媒婆、真挚诚恳的喻世者、有正义感的凡夫俗子、阅世颇深的谋士以及心力交瘁的臆想者。他与后的奇遇就是明证。

相形之下，作为叙述者的我无疑逊色多了。我知道后的出现有悖情理，我与后在医院里的种种巧遇也有捏造的嫌疑，这都不是主要的拙劣之处，最为荒谬绝伦的是，我费了如此之大的劲，竟然不能使自己显得相对出色一些。

我与后讨论过这些，她带着下班以后的疲乏神情说："你这是吃饱了撑的。"

远方的乌云已经朝我的头顶飞来，我写的小说和我自己都将经受一次洗涤，我不再坚信我确实写过《眺望时间消逝》这样一部小说。我毕竟不是一个瓦舍勾栏间的说话人，舍此营生我尚能苟活，我开始认识到虚构、杜撰是危险的勾当，它容易使人阴盛阳衰、精神萎靡。我不想使自己掉进变态疯狂的泥坑，因此，我决意再不与后谈什么流逝的时间或者空间。

与此同时，士迅速地开始衰老，他预感到自己病魔缠身，甚至连对纷乱的世事表达一下他的幸灾乐祸的气力都没有了，士对自己的无尽的才华和同样多的善行终将被埋没和忘却感到哀伤，他的痛苦的经历给他带来的伤害已经显得无足轻重，围绕着他的那帮酸溜溜的谗言者给他的哀痛更增添了依据。"我们要振作起来。"他们互相鼓励着，犹如在荣誉和功名前准备冲锋陷阵的乞丐和贫儿。

诚然，这一切都是对士的次要的瞭望，他的内心景观是作者无法揣测的，它是那么地黑暗，那么地深不可测，若我有幸能接近它，我想那一定是个奇观。

我这么写着写着，这个充满了猜忌和诋毁的夏天就快过去了，在烈日下疯狂鼓噪的知了，就要被秋日席间的愁思所取代。痛心疾首地追抚往事就要避难似的混入我的笔端，我终于认识到，写作一篇小说给人带来的毒害要远胜于阅读一篇小说。尘世间心灵最为堕落的不正是我等无病呻吟的幻想者吗？

是啊，我所描写的正是与魔鬼的一次交易。魔鬼所造访的正是这样一些无聊透顶的人。他们被魔鬼追赶着从一个小土坡下翻滚着逃下来，在平地上刚好赶上一场暴雨，他们水淋淋的模样令魔鬼忍俊不禁。于是，魔鬼伸出他那毛茸茸的长腿再一次绊倒了他们中间的一个，令他来了个嘴啃泥，谁知这一跤使他焕发了情欲,他毫不在乎地从泥地上爬起身来,神采奕奕地跟魔鬼拉了拉手,和它交换了一下有关崇山峻岭关山飞渡之类的看法,从此和魔鬼交了朋友。毫无疑问,这个人就是士。他还同魔鬼签了约,答应写作一本煽情的小说。

意外的会晤

我现在提到这架钢琴和那个弹钢琴的男人丝毫没有附庸风雅的意思,你就当我是不小心提到了它。

透过虚掩着的窗户可以看见整个花园,天空灰蒙蒙的,一场阵雨很快就要来临。房间里的光线越来越暗,从钢琴上发出的潮湿的旋律似乎是一个幽灵奏出的。

这时候,坐在阴影前琴凳上的士听到花园里的响动。那不是风吹拂的声音,而是一个女人的脚步声。士离开钢琴,走到写字桌前,从抽屉里取出一柄漂亮的小刀,走到窗前。

"你是在找这个吗?"士大声喝问道。

"是的。"后从花园里抬起脑袋。她听到有钢琴奏出的旋律从窗口飘散到花园里。

"好吧,那么你上楼来吧。"

后看来是个爽气的女子,她顺着七扭八拐的黑暗楼道小心翼翼地来到了士的房间。钢琴奏出的旋律已经停止,一位老人正对门站立着,他将后引进房间,让她在临风拂动的窗帘下坐好。

"你看,这场雨是无可避免的了。你还是想看这把刀吗?"

后点了点头。"我找了你很久,所有的人都认为你是一位智者。传说你在手术室里与一位死而复生的女人搏斗而扭伤了手臂,从此你就闭门不出。"

士打断她的话,"那你怎么会找到这儿来呢?"

"传说你在花园中午睡,并且在阴雨天出现。"

"好吧,你现在仔细端详这柄宝物吧。"

后从士手中接过小刀,紧紧地攥在手中。

"那么,请你告诉我,我的母亲现在在哪里?"

士惊讶于后那对美丽的眼睛中流露出的杀气。

"孩子,据我所知,你并没有母亲,犹如你并没有形体,你是一个幽灵。"

后轻声地笑了起来:"你是说我是不存在的喽,就是说是空气,是看不见的喽。"

士显得异常的镇定,他用一种劝慰的语调安稳后的情绪,因为他看见后正转动着手中的那柄小刀。"你手里的东西也是不存在的,你的念头也是不存在的。"

后不由得笑出声来,她从椅子上站了起来,用小刀在自己的手腕上迅速地划了一下。

"我让你看看我的血。"

房间里已很暗,外面开始下雨了。

故事的侧面

许多年以前,一个令人昏昏欲睡的下午,我在一本叫作《博物》的杂志里读到这样一则文字:意大利的卡略尔家族是一个有二百五十年历史的生产各种枪支的家族,卡略尔牌手枪最负盛名。它历来为西方许多枪械爱好者所收藏。关于卡略尔牌手枪,在阿尔卑斯山一带,二百年来,一直流传着一个令人惊叹不已的传说……

不过,我要说的显然不是这件事。我是一个土生土长的中国人,除了在《博物》杂志上看到过一张卡略尔牌一八二五年造的手枪的黑白照片,对卡略尔家族所知甚少。但这无关紧要,故事是关于那张照片的,从某种意义上说是关于那张照片的持有者的。不过,那真是一柄好枪。

这个有关卡略尔牌手枪的故事是阿根廷作家博尔赫斯的一篇小说的大胆的仿作,它的喻义在最乐观的意义上是和那篇著名的小说相重叠的。如果你凑巧读过那部作品,你准明白,我的故事不是一个圈套。当然,就作品的结构来说,任何小说都设有一个圈套，这篇有关一个忧郁的浪游者的故事也不例外。

补　白

在这里，我告诉你一些有关我个人的情况。

最早给我以巨大影响的书是一个法国人写的雪莱传记。它制约了我近三十年的生命。以后怎样不知道。

最初让我感到书是可以写得很复杂的，是列宁的一部著作，书名我忘了。

我最早的理想是成为一个画家，但因指导教师谴责我的素描，在初级阶段我就放弃了。我的视觉为许多绘画作品规定着，比如柯罗和达利。但我不了解颜料的性能。

我少年时代有点惧怕成年男人，觉得他们普遍猥琐，这跟我认识的一个有同性恋倾向的教师有关。

我喜欢古典音乐，我也喜欢流行音乐。喜欢而已。

我常在梦里遭人追杀，看来在劫难逃。

我在诗里写爱情，但这些诗全不是给情人的。我在小说里从来没写过爱情，我不知道这是怎么回事。

指引我的感受性的是拍电影的意大利人安东尼奥尼。他的作品告诉我，故事讲到一半是可以停下来的，并且可以就此岔开。人很少考虑过去，基本只顾现在，甚至不惜回到原地。做总结的时候除外，小说有可能不是总结。

我迷恋的一个诗人是奥季塞夫斯·埃利蒂斯。我周围也有一些诗人，他们挖苦人也被人挖苦，这没关系。他们干活、念书、想事情。这样很好。

我见过各种类型的斗殴，钝器和锐利的刀，多为青少年。我痛恨暴力。

我知道是人都会做梦，幻想不需要谁来允诺。

殉　难

这片在阳光的照拂下依然显得枯败的夹竹桃是种植在医学院路尽头一座冷冷清清的旧公寓前面的小院子里的。与旧公寓朝西开的一溜小窗唇齿相依的是医学院的解剖实验室，令那些有死亡偏执的人们感兴趣的是，那些未来的外科医生执刀相向的竟然全是旧公寓里的住户。他们不是将弱小细软的腰肢挂在窗台上，就是将笨拙多褶的脖颈架在窗棂上，要不就是赤身裸体地悬在浴室窗帘的后面，至于最剧烈的举动则是像跨栏运动员一般穿着裤衩从卧室的窗口一跃而下……余下的苟延残喘者终日闭门不出，他们在窗户后面偷偷朝外张望，岁月就在楼外的院子里悄然流逝……

对士这样一个神情忧郁而又缺乏勇气的男子来说，那是所有夜晚中最使他胆战心惊的夜晚。士跟着其余的人在一个正在拆除准备重建的建筑里瞎转悠，那股子从断木和废砖里涌出的霉湿味几乎使人窒息，他们并不爱好这种气味，只是在这处巨大的怪影里等候，伺机扑到外面的街道上去，显示他们的勇敢或胆怯。

这一时刻对士来说是铭心刻骨的，他记得那时候他是那么年轻，年轻到对一切全都忘乎所以。他对自己置身于这一群相貌堂堂、冷酷无情的流氓中间深感满意。他们在一周之前选好街道，于一天之前使仅存的一盏路灯失去了光辉，此刻，他们为一股低能的热情蛊惑着，在一片黑暗中来回折腾着双脚，仿佛地面是一只烫脚的火轮。

最初的冲击是怎样开始的士已经记不清楚了。就在对方出现在街口的阴影中时，士突然感到小腿肚子抽筋了。他还没有来得及沉思这一状态的严酷性，斗殴就像战争一样爆发了，双方似乎是势均力敌的，他们在漆黑一团的街道上互相追逐，嘴里像牲口一样发出粗浊的喘气声。忽然有一个身材高大的汉子朝士迎面走来，他步履轻捷，如在水上，士没有作出任何反应，他似乎乐于接受命运赐给他的一切。那人抬腿朝士的下体猛踢一脚……

这是士所接受的第一次也是唯一的一次令他深恶痛绝的抚慰。

杂志放在长桌上

杂志放在长桌上，它的表面呈现出若干褐色的斑点。这本杂志已经被它的主人保存很久了，纸张开始变脆，散发着一股子霉味。士沉默无语地将它摊开，小心地将它翻给后看。明信片、海滩、词典、城堡、手推车、熟睡的婴儿，冬季的景色、一位女护士的侧影，然后，在翻过一瓶红色葡萄酒之后，出现了那把卡略尔牌手枪。

"你看。"

"就是这把枪？"

"我第一次看到它大约是在十年之前。"

他俩用一种徐缓的、缺乏戏剧性的口吻对话。这一时刻是如此令人信赖。

天色开始昏暗，院子里的草地蒙上了一层黯淡的湿气。夜晚即将来临。夜风已经开始吹动地面上的纸屑和浮土。士开始回忆他所经历的时代点点滴滴的细节，他的朋友们身穿绸衫，手执描鸳绘凤的纸扇坐一站叮叮当当响的有轨电车去会一位娇小的情人，而她则刚被腰板硬朗的父亲抢白了一通，在嗓音嘶哑的呵斥声中踏上幽会的旅途。与此同时，时代的精英们正在草拟一则纯洁无瑕的理想的条款，他们决定以此郑重地拯救人们日常生活信念的衰微。

"这是我一生中最为珍爱的东西。"后以一种骄傲的口吻打断士的思绪。

士暗自思忖,我自己不也有那么几件可心的爱物吗?后端详着窗外的景物,深为自己的浪潮一般涌来的伤感而陶醉。

又是秋天了。多少年来,后总是要到每年的深秋才会在某一个下午或者傍晚,或者午夜的某一时刻突然感觉到几乎要过去了的秋天。尽管后一天天地老去,但她总是一年比一年更像一个孩子,一个成熟的老孩子,几乎是怀着热切的感情依恋着秋天的尾部。后曾经想过,即使不是过着这种表面平静的生活,而是如一个诗人,那种真正的诗人那样饱经沧桑,她也仍然会像现在这样沉迷于深秋的凉意和光线充足时那种转瞬即逝的温暖。

对后这样一个女人来说,倘若不是在深秋聚首或者别离,那秋天就仅只是秋天,它不会另具含义。她可以在其余的季节里拼命地做一切事情,要不就让自己卷入什么纠纷。而秋天则不行,后把她心灵和它的迷蒙的悸动留给了秋天。她不想占有它,恰恰相反,她想让秋天溶化了她。后甚至愿意在秋天死去,在音乐般的秋天里如旋律般地消隐在微寒的宁静之中。这完全不是企望一种平凡的解脱,这只是后盼望献身的微语。

当士和后相互暗示着沉浸在冗长的臆想之域时,一阵晚风不经意地带走了那张相片。

窗外是沉沉夜幕,士为什么声音所震醒。那似乎是一柄小刀掉在院中草地上的响动。他看见后梦游般从椅子上站起，走到墙边，关上了那扇假想中的窗户。

从窗口眺望风景

我的写作不断受到女护士的打扰。这倒不是因为她的频繁来访，而是我上医院电疗室的次数越来越多。终于，我开始挽着女护士的手臂在医院的各个部门进进出出。

我对医院的兴趣随着我对女护士的兴趣与日俱增。我注意到药房的窗口与太平间的入口是类似的，而手术室的弹簧门则与餐厅的大门在倾向上是一致的。

这所古怪的医院的院子里还有一个钟楼，我们曾在那里度过一些沉闷的下午。

我不断地重复一些老掉牙的话题，如：岁月易逝，爱情常新。我们还讨论那部叫作《眺望时间消逝》的小说。我一直在怀念那个女主人公，只是我已经忘记了她的名字。女护士一再强调说，小说中的女人就叫后。有一次我差一点要对她说出我并没有写过此书，这只是一个骗局。但看到她真诚的目光，我终于忍住了。

我们携带着我们的友谊来往于医院和我的住所，那些平凡的日子如今也已消逝不见了。

我记得女护士的名字就叫后。我曾经答应她，将来的某一天，我将娶她。如果她还爱着我的话。

在乡下的一次谈话

我的生活圈子非常狭窄，至少比我的情感要来得狭窄，这一点我可以肯定。多少年我就是这么过来的。有一天，我认识了一个叫士的人，他说这可以通过阅读和编故事来弥补。我信了他的话。没过几日，他又跑来补充说，他那日只是随口说说，我不必当真。我又信了。可见我是极容易轻信的。终于有一天，士带着一个模样与他相仿的男人来找我，说是来帮我扩大视野。

准确的时间记不太清了，似乎觉得许多今天已经十分衰老的人正在利用那个时辰打瞌睡。

我并不认识他，我住的地方离士的朋友的故居约有一夜火车的路程，但正是这段距离保证了有关这个男人的种种传言到达我这儿刚好开始有点走样。从这个意义上来看，男人的故事的真实性是不严格的，我想通过我的态度严肃的写作使这个人的故事显得相对严谨些。

读者最好破例重视这个故事的次要方面。比方说，不要因为死亡这个词而朝现世之外的某处做过多的联想。再比方，我写在一个下着蒙蒙细雨的下午。且不说发生了什么事情，其实并不存在这样一个下午。蒙蒙细雨只是一个词，它所试图揭示的仅仅是我曾经亲身经历过的众多雨天的派生物。而蒙蒙细雨这个词显然不是我第一次使用，一定是什么人教给我的，语文教师或者书本。否则我就成了个生造词汇的人了。准确地说，我对生造词汇没多大兴趣，我关注的同样是事物的较次要的方面。

乡下的生活是平淡的，远不是热衷于派对和沙龙的人所能忍受得了的。尽管你可以在郊区读书或者写点什么，但所有这一切都跟干农活差不多，并没有很多人在一旁助兴喝彩。你所做的一切要到来年才能见到收获。而那时，你的高兴尽管是由衷的，但依然是无人分享的。在这种环境中，人的回忆很可能在平静中带点儿忧郁，但不是那种令人无法自拔的忧郁，而是像夏天那样，带点水果的甜味的。次要的事情可能是太平凡了，它深陷在那些平凡的事情中，使我们惯常注目于重要事情的目光无力辨认它们。

我想起来了。我是在那年初秋，去造访老人的。

秋天。干净的空气中有什么声音传来，像谁念的浊辅音，给人一种迅捷而浊重的感觉，好似空气既在输送什么又在挽留什么。

"你想在这儿住多久?"

被问的小伙子支支吾吾了一阵。

"你想住多久都行。"

"我还没想好呢。"

这几句话我们在花园里重复了好几遍。他带我参观他的业余生活,他的日常的琐碎同时也是主要的想象。

"你喜欢养花吗?你的头发好像比从前黄。"

下午。他领我到镇子上去转了转。

"这是记者。"他介绍说。

"噢,记者。"有人说。或者"你好"。或者"谁?记者"。发现这镇子上的人总好像在等待什么名人或者要人的光临。而不是像我这样神情恍惚的人。

我们不约而同地在一家药铺门前停下脚步。

"在家你都干些什么?"我是说念书以外。他看着夕阳下那一头金黄色的头发。

临睡前,我征得了他的同意,明天一早到十五里以外的火车站去看看。

那儿比较荒凉。

也许在车站上能遇到什么人或者什么事情。我躺在席子上,盖着被子。既凉快又暖和。我睡在夏季和秋季之间。我想。老人在屋外,在花园里,在秋夜里,在他的爱好中间,在他终将不再在的地方,高高兴兴。说不定也挺凄凉。

睡吧，睡吧。我招呼自己入睡。

"你需要一顶帽子。"出门的时候，老人在花园里对我说。这会儿，我手里就捏着这顶草帽，侧身在车站的一只旧木箱上。

月台上尽是一摊一摊的落叶。很少有人。

我将腿放直伸到阳光下，而身体躲在阴影里。风在我面前吹来吹去，我手中的帽子一扬一扬的。

好不容易来了一列火车。下车的是几个农民装束的人。他们从我面前走过，没有注意我。我朝天吹吹口哨，好像是一支很熟悉的曲子。就在这时，下雨了。

"火车来过了吗？"

我一回头，是一个扎辫子的小姑娘，提着一只很大很旧的皮箱。

"我认识你。"然后，小姑娘就不再说话，只是极耐心地等车。

渐渐地，又来了四五个候车的人，他们和小姑娘打招呼，又看一眼我，便都不再作声。

"你在城里做什么？"

小姑娘隔着老远，大声对我说话。

后来，上车之前，小姑娘走过来对我说，她家是开中药铺的。那天，她看见我和老人在说话。

"我回娘家去。"

这让我吃了一惊。这时候,天色已很晚了。火车慢慢地朝雨幕深处滑去。

我戴上草帽,慢慢往回走。在路过一个养马场的时候,我看了一会儿那些湿漉漉的马。我听听它们的鼻息。然后回家。

"今天死了一株菊花。白色的。你找到车站了吗?乡下没什么好玩的。"

我和老人对坐在灯下吃晚饭。饭后,我陪他下了一盘棋。他坐在椅子上就睡着了。

这一夜,我接连做了几个类似的梦。

"我已经是个老人了。我已不再试图通过写作发现什么了。"

他一再重复这句话,并且抬起他那布满忧郁的眼睛。他此生尽管颇多著述,但并不是一个有造诣的人。他的屋子整洁而朴素。显然,他并不想有意使它们——书籍和文稿——显得凌乱。

"我不想让你这样的年轻人来帮我写什么传记。"他无精打采地做了个手势。

"不是传记,你听错了,是谈话录,或者叫对话录。"

"你和我?"他迟疑地打量着我。

"我已是个老人了……"

我告诉他,这他已经对我说过了。

"是么？那我没什么可说的了。"我已是个老人了，我已不再试图通过写作发现什么了。比如，结构、文法，或者内心的一些问题。我年轻的时候，曾经跟你一样。是的，这错不了。有一次采访，对我的一生产生了重大的影响。我不想说他是个伟人，因为我们还不习惯，或者说很难相信在我们周围的人中间居然有伟人。

他一生未曾婚娶。他甚至很有兴趣地跟我谈他的性生活。他是个老人，谈起这些事情还使用了脏字。这使人有种亲切感。那时候我还是个小伙子呢。

他总是和自己过不去，总使自己处在不悦之中。也许，这就是我们最终的愉快了。

他在谈论另一个人，他完全为自己的叙述所控制，沉浸在一种类似抚摸的静谧之中。

那些曾经穿过窗棂的风已在暮色中止息。

我曾经在一本书里读到过埃兹拉·庞德的诗句：让一个老人安息吧。我想，这大概是一个男人对自己所能做的最后的勉励了。

我是少年酒坛子

引　言

你知道是谁在背后打量你？（语出《米酒之乡》）

场　景

那些人开始过山了。他们手持古老的信念。在一九五九年的山谷里。注视一片期待已久的云越过他们的头顶。消失在他们将要攀登的那座山峰的背面。渐渐远去。等候他们爬上顶峰。再一次从高处注视。消散或者在天边隐去。然后。为这座山峰命名。（Ⅰ）

他们最先发现的是那片滑向深谷的枝叶。他们为它取了两个名字。使它们在落至谷底能够互相意识。随后以其中的一个名字穿越梦境。并且不致迷失。并且传回痛苦的讯息。使另一个入迷。守护这一九五九年的秘密。（Ⅱ）

他们决定结束遇见的第一块岩石的。回忆。送给它音乐。其余的岩石有福了。他们分享回忆。等候音乐来拯救他们进入消沉。这是一九五九年之前的一个片断。沉思默想的英雄们表演牺牲。在河流和山脉之间。一些凄苦的植物。被画入风景。（Ⅲ）

那些想过河的人下山过河去了。他们渴望水的气息。他们将不得休息。山上的人们想。犹如思考罪孽。他们中间的谁开始衰老。因为他想比自己活得更久。于是耻辱四散开来。安慰所有下山的人。这就是一九五九年的信心。（Ⅳ）

他们中间的某人看见了下面的街道。那人正急着内省。不打算告诉别人。所有的人。当然最先是他本人。错过了醉心于平凡事物的喜悦。他们的艰难的感情历程将无以呈现。他们观看这源泉喷涌。他们无力为之所动。在静观中消失得无影无踪。这是一九五九年的馈赠。（Ⅴ）

人　物

我为何至今依然漂泊无定，我要告诉你的就是这段往事。

今夜我诗情洋溢，这不好。这我知道。毫无办法，诗情洋溢。今夜我，就是这个样子。装作醉了的样子。其实我没喝酒。打开书本。你的、我的、他的。找找有没有我这个样子的，当然找不到。我这个样子，醉成这个样子，当然找不到什么可以做样子。

我的世界，也就是一眼水井，几处栏杆。一壶浊酒，几句昏话。

我在一个炎热的夏季傍晚（确切的时间是百年中的某一天）会见一位表情忧郁体力充沛写哀怨故事的自称诗人的北方来客，在鸵鸟钱庄（它从前酒旗高悬）完成了这段如那个阿根廷盲者所指出的那类习惯性的回忆。

故　事

草席似水，瓦罐如冰。

钱庄内极为阴暗潮湿，如同我满脑子的胡乱念头。

曲尺形的柜台光可鉴人，那位长相如同鸵鸟的掌柜生就一副骇人的容貌，那神情介于哲人与鳏夫之间，既有沉溺于思辨的惬意的孤寂，又有因谙熟于逝去了的男欢女爱而特有的敌意的超然。

鸵鸟径自朝我们走来,将两只瓦罐放到桌上。忽然直勾勾地抓起我的胳膊:"喂!肤色有点异常呀!这可不会是喝酒喝的。"说完,他就把鼻子移到柜台后面,不再吱声。

我们没有得到下酒的小菜。据邻桌一对表情暧昧的人声称,谈话,就是这儿下酒的菜。众人鸡啄米般地捣着凑得极近的头,频率极高地谈论着什么。我和诗人竖起耳朵仔细分辨,俄顷,所有的人都停止了谈话,将脑袋转向我俩:"喂!谈话!谈话!喂!你们!你们自己谈话!"在我们周围是一片吵吵嚷嚷,"你们,别想用旁人的谈话下酒。新来的笨蛋!一对笨蛋!两个!两个!笨蛋!"众人的嗓音里流溢出醉意的自豪。

"酒喝得是否尽兴,全看谈话是否适宜于下酒喽!"在语尾加喽字的人,两手麻利地洗着纸牌打我们桌边踱过。

"我们试试吧?"诗人捧起瓦罐询问道。

"那么,也好。"我斜眼瞧瞧柜台后面的鸵鸟,"你来南方之前都做些什么?"

诗人将鼻子仰到椅背上,作出一副很优雅的样子,高声说:"我把自己藏在家里。你应该懂得,北方是个藏龙卧虎的地方。"说罢,他神气地扫了一眼钱庄内的人。

鸵鸟的脖子不动声色地竖着。

"在我们南方,大家伙都待在街头上的。"我嘀咕道。他伸出右手焦黄的食指,意思切中要害:"不能因为你在街上,就说大家都在街上。"

"那么，有人来寻找或者拜访你吗？"我慌忙岔开话题。他和蔼地解释道："一旦有人找上门来，我们就倾巢而出。反之，我们就把自己藏起来。"

"你们是藏在一起，还是四散东西？"我揣测，这是时下北方流行的一种游戏，便试图得到一些基本的规则，好在南方率先玩起来。

"藏无定法。"诗人的食指当当地敲着瓦罐，"或三五成群，或单吊一室。或于显眼处藏身，或于幽暗处现形。不藏即藏，藏即不藏，聚即散，散即聚……"

他那梦语般入迷的低述，他那飘忽的神情，似乎不断地在恳请慰藉。他那引人遐想的语调，给人一种惊讶不已的愉悦之感。

"我们在我们的个人生活与他人的书籍之间自由出入。"诗人补充道。

我不明白他回忆的是什么人物，我只是认为他想表现他的诗人气质。

他的目光总是越过你，即使他非常爱你，他还是要越过你。就像越过随水而出的舟楫。他的目光总是那么迷离，仿佛他总是迎风而立。

他总是在朗诵，谈话就如一首十分口语化的诗作片断。不断切入，走向不明，娓娓道来。谈话是片断的，是非吟诵的。总之，他是不真实的，而又是令人难忘的。

"你到南方是来参加季节典礼吗？"

"不，我是来参加嘲讽仪式的。"

在我们谈话的时候，时间因讽拟而为感觉所羁留。鸵鸟钱庄之外是被称作街景的不太古老但足够陈旧的房屋。是紧闭或打开的窗，是静止不动或飘拂的窗帘，是行走或伫立的人群。

诗人一气喝干了他的瓦罐："在梦与梦之间是一次典礼和一些仪式。而仪式和雨点是同时来临的。在传说中，这是永恒出现的方式。"

我估计，他是在力图重建一种诗歌环境。

诗人用食指蘸了蘸滴在桌边的酒渍，在桌面上用力划道："圣水之边，芭蕉尾际。喟叹时刻，松枝时节。"

"送你啦！"

他揭示事物的方式令人联想到那些过寄生生活的人。他们优雅而疲倦。他们活动于他们臆想的空间，他们不吝啬时间，而又对流逝的岁月耿耿于怀。他们总是纠缠于情感的细枝末节，总是在大众的尾部说三道四。

"例如，"诗人嗓音圆润，"一个从早至晚四处串门的人和在南方弄堂或者北方胡同里散布流言蜚语的人，这两者之间的细微差别，使他们之间难以互相辨认。假如我明智到能以调侃的语调，轻松地谈论在门后或院角的小凳上刻苦手淫的男人，我势必如梦游者般掠过那些在傍晚或午夜隐于街角或门洞里谨慎接吻的人的非凡想象。如果我急需诗意来为整日价懒在床上不起来的人辩护，只消提出从未谋面的在背阴处或拐角处吹口琴的不知疲倦的人来。就足以使嗜睡者和耽于冥想者和谐地统一起来。倘若一年四季对镜梳妆却从不出门的女人值得我们一年四季留心窥视，那么，端坐在阳光下的圈手椅里读各种报纸的老人的内心生活更加无从揣摩。假设我能够体味摆弄钟表的男人的乐趣的万分之一，我就有足够的胆量对不停地打扫房间的人的超常洁癖做耐心到庸俗的归纳。"

诗人说得兴起，一边示意鸵鸟添酒一边绕桌踱起四方步来。

"是的，我沉浸在一种疲惫不堪的仇恨之中，我的经历似乎告诉我唯有仇恨是以一种无限的方式存在着。这一发现使我对仇恨充满了仇恨。这让人既难过又高兴。仿佛有一种遗世而立的美感。"

"我在一部介绍游牧民族的电影中见到过你的祖先。"我借着酒意，异想天开而又小心翼翼地对他说，"你的祖先浑身披挂，很是窝囊。他们骑的是一种类似萝茜难得的瘦而高的吃苦耐劳的马。我记得解说词里提到豪迈、自由之类的字眼。"

"那一定还提到了酒和女人，失意和孤独，这些字眼有着天然的联系。"诗人满不在乎地随口说道。

邻桌的饮酒者似乎对诗人张张扬扬的言谈举止并不在意。我开始怀疑诗人用这番谈话来下酒是否得当。诗人一手提着瓦罐，一手在空中比画着。他历来如此？还是由于初来乍到？或许诗人全都是如此饶舌。

"对我来说,韶华已逝,将苦涩的回忆转变为流畅的文字,已经不能抚慰际遇带来的创痛。世界艺术地远去,我和我的诗句独自伫立。我已不知星夜宁静与否,只是感到总是无所事事。我的年纪告诉我,风走风来只是拆散句子。我的表情令人失望地松弛,诗句堤岸在我的笔下等候,离散或者重逢,爱一次或者渴望另一次。"

"喝了我的酒全这样。"鸵鸟在柜台边蛮有把握地说。

"酸!酸!酸倒大牙!酸倒最大的牙!"玩纸牌的人在钱庄内穿梭往返,不停地嚷嚷。

"你看,"诗人自信而又无可奈何地说,"我必须抑制我的随想式的思绪,我必须重新投入谈话,就像投入一场满怀疑虑的谅解。在这种充溢着疑虑的谅解里,一个男孩子是永远也不会成熟的。他感觉到,他似乎永远沉溺在疲倦而悲戚的对成熟的记忆之中。在这类漫无止境的讨论中,成熟有了一种不断迫近来的窒息之感,令人隐隐地感到幼稚将始终由潜在的幸福陪伴着。它导致了拒绝成熟。这样的性格,使人在整个一生的大部分时间里必须单独面对自己,面对一种自我封闭的诗意的孤寂。"

"酸有酸的理!酸有酸的理!"伴随着嚷嚷的是稀里哗啦的洗牌声。

"我不妨谈谈我的父亲。"这会儿我才看出诗人的固执来,

"他以一种自称的不加影响的方式影响他儿子的整整一生。我们父子利用散步的时间吵架,在饭桌旁怄气,在肤浅的睡眠中诋毁对方。唯有在对待女人的感情上,我们父子具有惊人的一致。他教导我,女人近似书籍。读自己的书有一种熟悉的陌生感,而读别人的书则有一种陌生的熟悉感。依我而言,女人和书籍一样,都以隐秘来遮掩乏味的陈旧。"

"因饮酒而论至女人,这是规律,今日看来诗人也不能免。"玩牌的人这会儿也不嚷嚷了,饶有兴致地挤到桌边。

诗人鄙夷地扫了他一眼,继续道:"在我的少得可怜的诗作中,有一半是写给女人的,而其余的则是因女人而写的。"

"拿来瞧瞧!"玩牌的人插言道。

"在我看来,我的诗句,有点近似通俗音乐会的节目单,有一种热热闹闹的赏心悦目之感。而我的实际的爱情生活是由一连串互不连贯的始于温情止于咒骂的短小故事组成的。"诗人再次以一个鄙夷的眼光止住试图插嘴的玩牌人,以九九归一的语气作结:"有一天,谁敢说他了解女人,他就要犯错误了。"

"没劲,没劲。"玩牌者打条凳上跳开了去,"此君是个阉人,既无花前柳下,又无肌肤之亲。没劲透了!没劲透了。"随着依然是哗哗的洗牌声。

谈话就是这样闪闪烁烁地进行。仿佛在下语言跳棋,扭来拐去的。又仿佛是暖胃的米酒,在体内流畅而又曲折。

"人是不是应当更多地和自己谈谈话呢?要真是如此,一个人会不会因为对自己过于了解而感到厌烦呢?"我已完全为侃侃而谈的诗人所折服。

"保持距离就是保持感觉。你对人对己都别太热乎喽。而我不同,像我这样的人,距离和感觉都是有害的。我就是要跟人热乎。对我来说,最为重要的就是热乎。随后才轮到判断和回顾,才轮到惋惜和惆怅,才轮到追悔和哀痛,或者其他别的什么。岁月告诉我,必须委婉地进入生活。"

我正听得入神,忽听玩牌者在门旁叫道:"下雨啦。"

众人静了下来,这会儿我听清了,除了洗牌声之外,还有雨声。

我在酒中想象。一架钢琴在演奏旋律,乐队则像在远处应和。乐曲奏至一个短暂的休止,就跟刚好洗完一副牌,窗外的雨声一下子拥进屋内。徐缓奏起的弦乐仿佛湿漉漉的,而钢琴晶莹的走句就像是水滴。

"雨是很短暂的。"诗人沉稳的声音打断了我的臆想。

"这还不如说人的印象短暂。"

"你那么年轻,那么富于诗意地谈论着想象的短暂,你是什么样的年轻人呀,这些如此沉重的字眼是如此轻易地打从你的唇间吐出,难道你凭借想象的光芒一下子飞抵了岁月的最深处,而我要到什么时候才开始迈近它?让我更快地老去吧,既然我无法以年轻的姿态走近你,那么就让我在岁月的最深处与你会晤。"

听诗人的意思，似乎还有一次以谈话下酒的经历在什么地方等着我。只是不知那儿有没有玩牌者。

从诗人瘦削的脸上我感受到他是那么沉迷于深秋的凉意和傍晚光线充足时，那种转瞬即逝的温暖。因为他正就他的诗作中出现最多的秋天这个词或者有关秋天的场景和意象而沾沾自喜。

"我少年的时候，总是设想以一种平凡的方式死在一座美丽的花园里，周围是缠绕的藤萝和垂荡的柳枝。我把植物当作一种象征。有一天我是否可以把自己的尸首编入哪本植物志的某一页中，让自己在易于腐烂的东西中间寻求安恬的归宿。"

"我们这儿还有一座这样的花园。"鸵鸟在柜台后边也冷不丁插了一句。

"有一座！有一座！"玩牌者带头应和着。

我得给这位北方来客解围："喂！"我起身嚷道，"我要尿一尿啦！"

"我们这个钱庄造在一块坡地上，你随意啦。水往低处流嘛！"

诗人霍地立起，很有名士风度地扬扬手："随我来。"

我夹紧两腿，随诗人进入一条狭长的回廊，向花园走去。

"我们总有无穷无尽的走廊和与之相连的无穷无尽的花园，岁去年来，这类漫步与行走演绎出空穴来风般的神力，而异香熏人的花园则给人一种独寝花间、孤眠水上的氛围。行走和死亡同样妙不可言。"

"我可是要尿了！"我催促道。

"不忙。"诗人一路踱来，兴意盎然，"你看，"他突然顿住脚，"这是什么？"

在雕梁画栋的回廊尽头分明是一枚闪闪发光的铜币。

"稀罕之物！"

"这里是钱庄嘛！"我大不以为然。

"我在北方多年，未曾一见，真是不虚此行呀。"说话间神采奕奕，换了个人似的，"我们应当听个响。"诗人抬手将铜币掷向透过花园的杂木乱树斜射而来的夕阳中。

我们用较温和的语气探讨了一番铜币的铸造年代，诗人断定，这类在碎石道上一蹦五尺高的铜币，一准铸造于升平时代。而我则倾向于梦游时代的晚期。

就在这当口儿，铜币忽然带着叮咣的响声朝坡下飞去。我正犹豫，诗人已率先向坡下追赶而去。

诗人跑起来，两臂前后摆动，仿佛在晚霞的余光中划着一艘孤独而华丽的龙舟。我跑起来则比较拘谨——因为夹着尿。不一会儿，我便被落下许多。在家乡的坡道上，我苦苦追求的形象，幻景般地令我自己感动不已。

"喂。我说你呀！赶路要谦卑，不要超出单纯的界限。"玩牌者不知什么时候也来到雨后的泥地里溜达。他一边杂耍似的洗着牌，一边从嘴里吐出黏糊糊的瓜子壳。

就这会儿工夫，诗人已跑得无影无踪。

一个卖春药的江湖骗子用骨瘦如柴的胳臂驱赶着从他那口黄牙间飞出的唾沫星子，同时向空中撒出一把铜币："为了爱情。你们应该这样花钱。"他榜样般地伸长了青筋凸起的脖子，"严格地说，"他劝谕道，"我是一个媒人。"

"你看见一个诗人了吗？"我上前问道，"一个追赶铜币的诗人。"

"你是说诗人？他已不再追赶铜币，半道上，他随几个苦行僧追赶一匹发情的骡子去啦！"

我没想到诗人这么快就放弃了追求的目标，我几乎看见石板道旁草根的苦香，吸引着骡子和苦行僧和诗人一头扎进了十二月的竹林。

我出身贫寒，决无御风而行的韵致，更何况那枚引人注目的铜币此刻已经滚到了坡道的尽头。在那儿的一长排妖媚的柳树之下，地摊上的棋手们杀得正酣。铜币刚好弹至一位下棋的盲者眼前。那盲者恰好走了一着妙棋。得意地一伸腿，神助似的将铜币踢入道旁的阴沟里了。

诗人此去再也没有回来。显然，我只是他南方之行的一个微不足道的插曲。

夜晚已经不可避免地来临。我想，我是这月光下唯一的夜行者了。倘若我愿意，我还可以面对另一个奇迹：成为一只空洞的容器——一个杜撰而缺乏张力的故事刚好是它的标志。

尾　声

放筏的人们顺流而下。

傍水而坐的是翩翩少年是渔色的英雄。

夜晚的语言

……作那支歌的人什么都看不见,但我现在沉思过了,我发现一点都不奇怪,悲剧正是开始于荷马,荷马就是一个瞎子……

　　　　　　　　　　　　　　　　　　——叶芝

　　我跟随忧郁的丞相惠在他无比热爱的国土上四处奔波,我的卑微的使命就是在手感舒适的宣纸上,用工整而无可挑剔的小楷记录下他的光辉事迹,好让他的特殊的智慧和同样特殊的业绩万世流芳。我努力使自己保持清醒的神志,尽量客观地还原惠的神情举止,把他的警语和废话统统记录在案。

　　现在夜深人静,宫殿里阒无人迹,书页的翻动声可以通过幽长的走廊传至深宫,一名容貌倾城的妃子正在井边洗涤一方丝帕,宦官的私语和婢女的喘息随处可闻,皇帝已经在纵情的豪饮之后入寝,他的为世人所传诵的淫逸将持续至午夜……

我的疲惫的躯体为悲苦的愁思所笼罩。我不准备交代丞相惠的来龙去脉,就我的偏见而言,他是唯一的丞相。更为重要的是,惠的训诫,多年以来,我一直铭记在心:"惠的故事从本朝开始,至本朝结束。"从最初的一刻我就意识到,丞相是打算与皇帝共存亡……

在一个空气清新得有点异乎寻常的早晨,丞相惠与他的精悍的卫队一同开始了我所要叙述的这次宿命的长旅。

黎明已经来临是不容置疑的,因为初升的朝阳已经无可避免地照在了那些飞奔的骏马身上。田野之风令丞相的卫士们心旷神怡。

"沁人心脾。"

"令人难忘。"

两位较年轻的军人发表了各自的随想。

我的可怜的丞相则在车内紧锁双眉,他知道,昼夜兼程将使他显得更加衰老。每当车轮辗压路面的声响有所变化,惠就用他那苍老的嗓音发问:"我们已走了几个时辰?"

卫士在高高的马上答道:"丞相,已可望见永安城的炊烟。"

我应该写下卫士所望见的一切,详细地形容原野的勃勃生机和远方炊烟的袅袅姿态。

我不能使惠失望，因为丞相是个盲人。

惠是奉皇帝之命踏上旅途的，他的怀里揣着万岁的圣旨，皇帝命他的宠臣前往永安城的巫医泉处，治愈眼疾。

惠是位悟性极高的人，尽管传说他生来就是一个瞎子，但他的渊博的学识仿佛得于一夜之间。惠的记忆尤其使人惊诧不已，他能够追溯五十年前的一个偶然的晤谈，辨别出来是个流窜的宦官。可以这样断言，惠能依靠声音识别一切。

惠是个慈悲为怀的人，怜香惜玉的好心肠更使他四处施舍，流年如水，就这样把医病一事给耽误了。这种说法未必人人相信，但这正是故事的转折之处。

正当丞相沉浸在如烟的往事之中，一路剽悍的强盗挡住了去路。

交战的场面不值得描写，那些陶醉于乡村景色的卫士闻风丧胆，早早地丢盔弃甲落荒而逃。我的孤独的丞相被人劫了去，自此下落不明。

我的笔平静地休息了二十年，直到永安城里出现了一个自称丞相的垂垂老者。要说他与惠有什么相似之处，那就是他同样是个盲人。他比我记忆中的丞相憔悴多了，他那满头银发已不再是睿智的象征，仅只是弥留之际的标志了。他的雄辩的说白已经为含混的讷讷自语所取代。一个好管闲事的樵夫费了半天工夫才弄明白他的来历以及他所要去的地方，然后将他领进城来，送至巫医泉的居所。

我不得不写下的悲惨事实是，名扬四海的泉此时已经过世，他坟上的荒草已经绿了三遍。

我的丞相黯然了，他陷入了长时间的沉默不语。惠不用凄恻的追悔来帮助他也知道，他此生错过了拥有光明的机会。"命运啊！"他哀叹道。只是在此时此刻，惠才意识到，治好自己的眼睛其实是他一生中最重要的事情。

不过，命运在我的笔下是多彩多姿的，就在惠濒临绝望之际，泉的儿子沼过来打断了他的沉默。

沼在惠的面前慢慢地踱着四方步，细细地打量这个前朝的老臣，估量他的底细，接着他向惠款款说道："尊敬的丞相，虽然我的父亲去世已经三年多了，但你不必就此绝望。我从小跟随父亲学医，不敢说有回天之力，可治疗眼疾我还是有把握的。"

我的丞相虽说没有喜出望外，却也在心底暗自庆幸。

"孩子，你不要戏弄老臣。"

"丞相，请不必多虑，只要拿一千两黄金来，我包你药到病除。"

我已不再怀疑沼是个贪财的人，很有可能他还是个惯于挥霍的人。丞相惠不想让沼得逞，他慢慢地在堂前跪下，缓缓地从怀中取出皇帝的圣旨。

"孩子，你可知皇恩浩荡一说。这道圣旨你自己看看吧。

倘若你想向皇上收钱,就写字据吧。"

沼没有去接皇上的圣旨,他只是悲天悯人地冷冷一笑。

"丞相。"他一字一顿地说道,"这道圣旨你留作珍藏,如今已换了朝代,没有黄金我可是不会处方予你的。"说完,便转身离去,将惠重新抛入永恒的黑暗之中。

惠为这一惊人的消息所统摄,他不能相信,他所辅佐的皇帝已经被人从那舒坦可人的座位上掀了下来,他没有多加思虑,连忙起身雇车赶回京城。他要证实这是一个谎言。

丞相惠没花多少时间就赶回了京城,这让他自己也感到蹊跷。令他心安的是,当他的马车在皇宫外停下时,皇上正在早朝,宫里宫外的呼喊声是他所熟悉的,他一下子又使自己恢复了恬适的心境。他在心底念叨着,尽管我看不见,但这一切是多么美好、多么让人感到安心呀。

"回永安城!"他向车夫吩咐道。他并不想去惩罚那个狂妄的年轻人,只是想早日睁开眼睛,亲眼看看他所热爱的这一切。

惠是善良的,但似乎是天意惩戒了那个信口雌黄的巫医,当惠赶回永安城时,沼已于前一日暴死于一次酒宴之间。

沼的儿子风眠是个谨小慎微的人,他请这位满心焦虑的盲人过了丧期再来,他允诺一定治好丞相的眼睛,以赎先父诓骗之罪。

惠再一次踏上了回京城的大道。非常不幸的是又遇上了一伙打劫的强盗。这一次他们放过了这个疲惫不堪的老头。他们告诉他，皇帝已经驾崩，乱世来临，一个老人不要到处乱跑。

我的丞相，这个与生俱来的瞎子此刻忽然感到眼前一黑。"黑暗。"他大叫了一声。

所有的侍从都跪倒在床前。惠叫自己的一声惊呼把自己从恶梦中拯救了出来。惠是个为梦境所制约的人，他抹了一把额前的冷汗，愈加忐忑不安起来。

"圣旨。"他喊道。

仆人们忙把皇帝的手谕捧到惠的手中。丞相抖抖索索地抚摩着，他微微地呼出一口长气。

"备马，起程。"惠吩咐道。

丞相惠的一队人马浩浩荡荡地朝永安城奔来，我的故事（我的手你不要颤抖）我所要写的故事开始了。

"我的心，你平静一下。"

美丽而辽阔的原野在车外急速地朝后掠去，而我的丞相还沉湎于对自己那脆弱的心灵的抚慰之中。他耐心地询问自己。多少郁闷而愁苦的日子不是都过来了么？你怎么忽然焦急起来了呢？惠呀！你难道是在和夜梦向你昭示的厄运赛跑，想从黑暗手中夺回你的光明么？

"不，不。"惠劝慰自己，"这是圣上的旨意。"

飞奔的马蹄很快就将凉爽的上午甩到了身后，它们越过一些平缓的浅滩，穿过一些宁静的山谷，来到一片枣树林前。

"丞相，"年轻的卫士大声禀报，"树林已挡住了我们的道路，我们是向左绕行，还是向右绕行？"

我多么想在我的叙述中，将这一片恼人的树林统统砍去，为我的丞相扫清道路啊。

惠陷入了对悠久岁月的回溯之中，在他的明镜般的记忆里，没有前例可援，他知道自己是有史以来的唯一一位盲人丞相。在此之后，想必也不会再有丞相面临惠的困境了。

惠变得局促不安起来，过多的思考对他是有所伤害的。他的卫士在等待他的指示。

"那么，我们就穿林而行吧。"

但是，当车队行至树林深处，另外一些奇异的树木出现，它们那高大的枝叶挡住了正午的阳光之时，惠才意识到他作了一次荒谬的选择。因为在树林中穿行正是昨夜梦中的情形。不，他为自己辩解，我并没有打算在林中遭劫。

一切均已无可避免。

强盗出现了。但与梦中明显不同的是，他们中间竟然还有女人。这是一些多么英俊的强盗啊，他们在马上的矫捷的身姿令丞相的卫士们大感不解。年轻的卫士连连惊呼："怎么，这是林中戏剧么？噢，他们的服装是多么奇异啊。哈，兄弟，我看上那个妞儿了,她的腰肢,嗯,我要给它一个比喻,对,一棵小葱。"

没有人能知道命运对惠的致命一击,"既然如此,"丞相暗想,"就让他们将我掳去吧,我将离去二十年。"

林中的格斗犹如表演一般,记录下来温馨得与歌舞并无二致,蔫头蔫脑的惠乖乖地做了强盗的阶下囚。

那位有着小葱一般腰肢的女强盗朝丞相袅袅走来,她像一位善解人意的大嫂,给口干舌燥的惠咕咚咕咚地灌了满满一葫芦的蒙汗药。

"二十年……"惠闻到一阵肌肤的幽香,他把这作为记忆带进了梦乡。

丞相的年轻的卫士此刻正在用树枝选择命运:"九,什么意思?难道说我要娶女强盗为妻?"

丞相惠是这样一个人,他不断地睡去又不断地醒来,不断地做梦又不断地回忆刚做过的梦。他就这样迈着踉跄的步履磕磕绊绊地走出了树林。

惠隐隐约约地记得,他睡了一觉,那是在树荫底下,在一名陌生女子的怀中,这可真是无比漫长的一次睡眠,似乎把他的脖子都给睡拧了。是林间空地的微风把惠吹醒了,惠感到自己衰老了,他听见溪水潺潺流动的声响,他多么想去照一照自己的容貌啊,他想知道他的头发是不是已经变成银发一片。惠把这倏忽间涌上心头的少年时代的渴望打消了。

惠将手伸进怀中摸索了一番，嗯，皇上的圣旨尚在，别管时间过去了多久，还是出发吧，向着永安城，向着希望和命运。

现在我要把我的丞相暂且丢在荒山野岭之间，让惠风餐露宿，栉风沐雨经受一番考验。任他慢慢地摸索着朝他的归宿进发。

泉。这个永安城的一代神医，是一个精通巫术的跛脚。这个通灵的怪人是无所不能的，但他从不愿在人前行走。是啊，否则，皇上早就把他召往京城去了。

这一日，泉正在院内一摇一摆地踱步，欣赏着夕阳给他留在地上的影子，他忽然看到浓重的红色从他身影的四周漫入了阴影内部。

"是谁在门外？"泉厉声发问。

"一个盲人。"惠在高高的院墙外平静地答道。

"一个瞎子？你是受谁的指引来到这里？"

"命运。"惠说道。

"你有何事呢？"

"我经过了漫长的旅途，我已经丧失了时间和方向。请告诉我，先生，尊贵的皇上是否健在？"丞相焦急地问道。

"皇上万寿无疆！"

惠暗暗庆幸了一番,便又说道:"此处可是神医泉的宅邸?"

"又有何事?"

"我是丞相惠,奉皇上之命前来求医。"

我的丞相以为他躲过了梦中的恶兆,不由得舒了一口气。为自己光明的晚年祝福起来。

"丞相。"泉冷冷地说道,"此话当真?"

"那当然,我有圣上的手谕,不信你可开门瞧瞧。"

"不必了。不过,我也有圣上的手谕,你可想瞧瞧么?"

"什么?"惠忧心忡忡地问道。

"你已至知命之年,为何急急前来求医,莫非是治愈了眼疾,妄想篡位不成?"

我的纯洁的丞相不由得悲愤不已:"此话从何讲起?"

"圣上传旨,若惠前来治病,叫我使你永世不见天日。现在,你还想治么?丞相。"

这真是异峰突起,这一部分在梦中可是没有的呀?惠当下失去了风度,立时显得气急败坏。

"泉,你等着,我回京城与皇上论个明白与你。"这个忠心耿耿的老臣又踏上了旅程。

我写累了,我不得不省略了若干篇章,使我的丞相不至于在我的笔下过分地心力交瘁。没有谁比我此刻看得更清楚了,当丞相惠驱车回到京城，正赶上皇上的大丧。

我不得不坦白地交代，这是一个小国，总计不过两三千人。葬礼是世俗的，没有什么轰动一时，传颂世代的场面。但是我的丞相已经完全变态。

生活确实如梦幻一般，泉死了，他神秘地与先帝相随而去。惠真怀疑世上是否真有这样一个人。但是，活生生的沼的出现立刻驱散了惠的迷雾般的臆想。

"拿钱来，黄金一千两。"和梦中所见丝毫不差。

惠知道，此刻所谓圣旨已成一张废纸，连忙赶回京城，备足一千两黄金，马不停蹄地再往永安城奔来。

这一次，沼的儿子风眠来给这位疲惫至极的老人打开了院门。如梦中所见，沼也死了。

"完全是为你而死，丞相，"风眠说道，"先父让我丧满七七四十九天即帮你治愈眼疾。"

"好吧，这回我不再走了。"

我的可怜的丞相，在永安城内租下一间草房，住了下来。惠已经累得不能动弹了。他躺倒在床上，连翻身的气力都没有了，他听着草屋外怒吼的风声，喟叹徒劳奔波的际遇以及命运的不可拂逆。

"梦啊，我再做一回梦吧，看看往下还有什么。"

没有了，惠没有来得及再做任何梦，新皇上的一彪人马杀到了。

风眠小心翼翼地凑到惠的床前。

"丞相,一队兵马就在门外,你告诉我,你求我治眼是想复辟么?"

"不知道,也许,我想在水中照照我的满头白发吧。"

唉!可怜的惠,命运已将你逼到死路上了,你的黑暗的旅程永无尽头,再也没有人来帮助你,把你从夜晚中拯救出来了。

惠这么想着想着,渐渐地完全从梦魇中摆脱出来,他极为乏力地苏醒了,可是他不敢睁开眼睛,尽管屋外公鸡在不住地啼叫,院子里也早已是人声鼎沸。

恍惚间,他觉得自己从前似乎确实是个瞎子。但最令他恐惧的是,当他睁开双眼时,再也看不见从前他所熟悉的世界了。

对一个梦见自己做梦的人,我无力再写下别的什么了。

仿 佛

> 穴居人就是不死的人,就是沙土混浊的小溪,就是骑马的人寻找的河流……他们全神贯注,几乎看不见具体的世界。
>
> ——博尔赫斯

"你,跟随我吧。"

芒芒的祖父在一天中最黑暗的那一刻寿终正寝。他如一名精通各种民间秘术的占卜者般喃喃自语。他的嘴唇是那样苍白,他已经无力辨认的晚辈的恳请使他弥留之际的幻觉充满了恶俗的污秽之气。他眼看着自己顶着盛水的瓦罐,沿着死亡之船的侧舷朝大海走去……天哪!蓝色。

哀痛的日子过去以后,芒芒开始着手整理祖父的遗物。他将一册夹有若干黑色头发的情书以象征性的低价转给了一个沿街收破烂的男人，他另将一只刻有外文字母 a 的沙漏送给了他二十岁之前的第一位相好。他祖父生前最为钟爱的一套烟具，则由芒芒悄悄地卖给了邻里中一位不知名的烟具收藏家。余下的那些长袍马褂被芒芒扔在后院堆着的破旧杂物之中，"让它们全烂掉，"芒芒最后看了一眼祖父的这个齐整的院子，"将来我要种些玫瑰。"他带着祖父遗下的一册家谱和一袋铜币外出浪游去了。他把榆树枝编成的柴门远远地拉在身后。玫瑰。他念叨着。

"你的姓名？"

芒芒穿过一个由恶狗看护的盐庄，一个人声鼎沸的假货集市，像一个幼儿从管束他的学校来到了就他所知世界上最大的城市。他沿着城墙步行了两个小时，依然没有找着供人出入的门洞，面前这个眉清目秀的男子已经是他遇见的第二个盘问者了。

"阿芒。"

他看见一溜老鼠混杂在一群神情疲惫的幼猫之中，顺着凹凸不平的城墙鱼贯而下。

"现在是秋季么？"

"是又怎么样？"

"不是说只有秋季才能入城么？"

"是谁说的？"

"一个过路人。"

"他的姓名?"

"我忘了问他了。"

这个盘问他的年轻男子用他那锐利的目光盯了阿芒一会儿。"你要是再遇见他,可别忘了。"

"好吧。"阿芒有点绝望地答应了。他知道他对任何人都没有记忆。

"我可以问一下,你是谁吗?"

"我的姓名是时令鲜花。"

阿芒在两小时之内碰到的另一位盘问者叫夏季藤萝。他同样给了阿芒一些富有暗示意味的忠告,譬如时下城内正盛行烛光裸体操,这一由口令伴奏的私下娱乐,很快就将予以取缔,否则城里人在极短的时间内就将丧失绝对辨音力,沦落到对美妙音乐无动于衷的痴呆地步。又如体温调节医院刚开设了秋季门诊,并捎带出售冬季被褥,等等。

时近黄昏,阿芒摆脱了鲜花的冷酷纠缠,终于凑到了入城售票处又高又窄的小窗口前。在通报了姓名、籍贯、职业以及过失记录之后,售票处的女职员又问了几个纯属个人嗜好方面的问题。其中的一个是,你喜欢吃很咸的食物吗?阿芒的回答是:口重。

女职员从狭窄的小窗口内顽强地探出脑袋来,表示赞许:我也是。

阿芒不由得打消了那两个盘问者给他带来的烦恼。女职员的善意令他愉快和兴奋，并勾起了他攀谈的兴致。

"我最推崇的是臭咸鱼和冷猪油，太太，您呢？"

女职员顿时怒火万丈，将她的那张老脸打窗口缩了回去。"我是个处女！"少顷，又伸出头来补充道，我也推崇冷猪油。售票处的窄门在老处女的一片嘤嘤的啜泣声中掩上了。

阿芒明白，今夜入城无望了。他感到自己犹如一只悒郁的幼年飞蛾吸伏在傍晚时分清凉的墙壁上喘息着。我的祖父死在五千公里之外。他对自己说。我离这个爱幻想的老头是多么遥远啊！他是个天真的老汉。他和祖母做爱时的模样是那么笨拙。他多像一只饮水的单峰骆驼呀。他忧伤地回忆着祖父的音容笑貌，仔细地回味他的言谈举止。他与祖母离异时的凄楚神态，至今令阿芒伤感不已。

暝色四合，夜风温柔。入城的人群仍然络绎不绝。阿芒的众多的至爱亲朋就隐身于这川流般的芸芸众生之中。他们在阿芒初谙世事之前就陆续离开了祖父和阿芒，他们把这一老一少看作稚嫩的苟活者，他们卷走了祖父的大量不值钱的饰物和一些贵重的赌具，他们操着浓重的乡音混杂在难以辨认性别的大批盗墓者之中涌进城里，他们曾唤人捎信给祖父和阿芒，说他们在异乡过上了闲适可人的好日子。他们的奢侈之一就是瘫软在夏夜的啤酒泡沫里，以伸展的四肢象征尽情欢娱之后的倦怠。

祖父的纯洁的心灵，不断地为这骇世惊俗的消息所困扰，终于迷惘得难以自拔，身体也变得越来越虚弱，昼夜喘气不止。而阿芒则凭着少年的聪颖一下子领悟到他将要面临的境遇。他开始变得出奇的镇静，他每天跑到一个独眼小贩那儿去买沾着露珠的杞子草，再到左边一处年代久远的磨房外的草丛里选一珠伞型菌。他将这两样东西再配以从后院植被中取出的腐水，加上一只飞蚊的羽翅。他严格按照上了年纪的人的说法，让祖父强忍着恶浊之气吞下它们。"琼浆玉液。"阿芒对祖父说。"安乐死。"他这样宽慰自己。

阿芒知道自己对祖父的死负有不可推卸的责任，但他没有因此而感到良心上有什么不安，反而暗自为此惊喜不已。这是阿芒有生以来肩负的第一个责任。在祖父过世后典当遗物的整个过程中，每当一件文具或几帧小照出手完事，阿芒就在内心里喜得一惊一乍的，他感到自己热爱上了生离死别这类事情。他希望乏味的生活每日或者至少隔日能有一个变化，他甚至对雨中在天空滚动的雷声也寄托了朴素的期望。"我亲爱的祖父，"他念叨着，"我卖完了你的东西，就去找大家。"

在阿芒离开家乡的前一日，他去祖父的墓地转了转。自从祖父下葬后，他从没来过这儿。"我对死人没兴趣，你有么？"他对任何一个问他这一问题的人说，声音中洋溢着一种解放感。"命归黄泉，这是免不了的。"他这么想着，在傍晚的城墙外晃来晃去。就像一个真正的流氓。

就在阿芒放任自己的臆想沉溺于支离破碎的旧日故事的当口，晚霞中来了一位携带着一大群羽色不一的雄性鸽子游历归来的中年男子。

这男子，鬓发全无，面有菜色却又神采飞扬，他一身素净的打扮，在脚下那些咕咕乱叫的鸽子的簇拥下，一步三摇，朝阿芒慢慢踱来。他如在水上，轻盈飘逸，没有丝毫尘土的气息。"少年！你就是阿芒么？"

"我想，我死去的祖父不会反对我叫阿芒。"

"那么说，日前我在野外荒地里所做的梦，完全应验了。"养鸽者在墙边顺势坐下。他似乎不急于进城。

几只红眼雄鸽呼扇了一下翅膀，便站到了他的肩上。它们轻啄着主人的布衫，在主人多毛的手臂上来回走动。

"阿芒，你知道么，我是你的父亲。"

"是么？可祖父生前一直对我说，你一直在躲着我，就像饿狗躲着腐肉那样不自然。你现在来找我有什么事么？"

"你真不愧是祖父的孙子。我们家的人都擅长比喻，我来找你只不过想验证一下我昨日的梦魇。"

说完，养鸽者便在暗夜里闭上双目，沉醉到自己的梦幻沼泽中去了。阿芒的辩白全像催眠者口中吐出的话语，令这位自封的父亲向内心越陷越深。

"……在你来到之前，"雄鸽们像一阵混沌的脏雪飞到他微敞的胸际，然后又自由地坠落下来。"在你来到之前，那位演唱悲歌的伶人已经离开。他说，诗人有两件事可做，流浪和回忆。他在日出前与我辞别，他朝远处走去。我看见他的背影和未来的遭遇。我和他交换了有关幸福的渴望，在芦苇的一侧口含水芥。他随风而去，睡着了一般。在风的宫殿里，他闭目侧卧，他在睡梦中倾听良知那司晨的喁语……他已离去，而我将在秋季的风笛声中死去，安详得如同假日里的一次午后小憩……你可以找到我的住所……阿芒……流浪和回忆……"

现在，对阿芒来说是一个崭新的时刻，他住在亲戚家的一间不小的顶楼里。房间的天花板上糊着一些好看的图样，并无什么意思。四周全开着窗户，好使日光在白天中的每一时刻都能便利地进入房间。屋子里有一股女人的气息。阿芒以为准有一位固执的女人在这里花了一生的时间写过一本记录气味的书。还有一种可能就是从前是女人用来更衣的地方。一个年轻男子有沉醉于其中的可能。

"你喜欢这儿吗？"领他上楼的这位女子，年龄与阿芒相仿，浑身散发着一种清澈的气息。

"你不忙急着下楼，"阿芒在窗前拉住她，"你除了替我拉开窗帘，平时还做什么呢？"

"我一直在等你来。"她轻轻一下就推开了阿芒毫无经验的手臂。

"你能告诉我，你是谁吗？"阿芒径直跟到门边。

"你。"

门被她轻轻带上了。

阿芒在顶楼里住了许多年,他的简要的经历是这样的。

最初,他通过四扇窗户观察周围的世界,小心记下子夜的风声和午时的水音。过了一段不太明显的时间,阿芒开始做一种远眺游戏,他管这叫作视力的柔韧体操。他记录了一些星象的异常变化以及若干不明飞行物的踪迹。他还给远处山脉的轮廓描绘了一张五彩的精细图例。最后,在他的不断的疲惫的启示之下,他转向了在女人堆里的永远无法穷尽的浪漫经历。

一个初秋的傍晚,阿芒在窗前的夕阳中翻阅陶列的《米酒之乡》。这是一部探险小说,描写一群土著的一次喜剧性的迁徙游戏。小说是从对一只仙人掌的描写开始的。

阿芒读得很入神,当天色若明若暗的时候,那个叫"你"的女子上楼来敲过一次门。

阿芒没听见。一位土人对一头羚羊说,你走在头里,我随后就来。阿芒顾不上吃晚饭,他为欣喜的阅读所驱使,紧跟其后,到西域的镜子湖去了。洗澡的仙子们正在湖畔更衣,他们的沐浴马上就要开始。阿芒感到绸子做的窗帘在他的面颊上拂过。晚霞中的风,他想。

所有的窗子全都打开着,陶列的著作《米酒之乡》也打开着。微风吹动它翻了一页,远远地看不清字迹,想是阿芒已经身陷囹圄，不知其返了。

房间里有阿芒遗下的一袋铜币以及一册家谱。

"他一定是馋了。"

阿芒犹豫了一下，人们也许会这样认为：这是一个贪吃的家伙。

他让这一刻重演了一次，以期发现背后的真实含义。

阿芒被这本题为《米酒之乡》的著作完全迷住了。他花了整整一个夏天的时间在顶楼上潜心研读这部古板的著作。到了秋季，情侣们纷纷簇拥着涌向街头巷尾，做晚饭后的随意漫步时，阿芒已经完全彻底地不能自拔了。

阿芒叫书中那些驾着古老的舟楫在米酒之乡的浅湾里终身作着浪漫游历的童男们感动得五体投地，他们豪饮时吟唱的那些缺乏变化的歌谣，他们相互祝酒时那种粗俗而随意地插科打诨的能力，全叫阿芒迷恋得如痴如醉，犹如他花了一个秋天读的不是一本书，而是装订成册的、飘着异香的酒精。

这本在顶楼的樟木书柜里放了很久的书确实弥漫着一股香气，能够让耽于冥想的阿芒沉醉其中，乐而忘返。

这一个秋天，这一个令人难以忘怀的从头至尾充满着痴迷的苦读的秋天，永远不会再来。

阿芒用他那纤弱的手掌推开紧闭了整个酷暑的窗户，他想让略带凉意的秋风吹醒他，让他重新真实地感受这个顶楼上的一切。这些杂乱无章地堆在一块的书籍，这些有余辉映照的窗棂，这些叫人践踏过许多年依然有着清晰纹路的柳木地板，以及这扇紧闭了一个秋天的木门。

秋季的晚风捎带着浮想般的温存吹临阿芒的额头。这是我的最后一秋。阿芒想。我不打算再捱过这个秋天。我要试着进入米酒之乡。我不打算让四季的交替再来烦我。我将学会喝酒和陶醉。

当阿芒没日没夜地忙于跟书本交流异想时，城市里的生活已经发生了很大的变更。长裤党和短裤党关于夏季时装的讨论早已成为历史，这些极富变通能力的时装设计家通过一个夏天的口干舌燥的辩论，终于互相友好地屈服合伙成立了秋季中裤党。接下来论题是：在充满爱和情感的秋季穿中裤的人们配什么样式的袜子最合适。

阿芒不知道这些，当然，他也未必会光着身子朝文字世界逃遁，他不理会这些事情，他正忙着在那堆旧书里挑选随身携带的读物，他是个聪明的小伙子，他不打算一直呆在米酒之乡。阿芒琢磨着一有机会便弃它而去。

天色很快就要黑下来了，在一片游移不定的混沌之中，阿芒看到这样一些书名：《打捞水中的想象》、《有树的城市》、《停车十分钟》、《你将读到的历史》。

阿芒匆忙地将它们放在一块，用几米棉线来回缠紧。

这时，楼梯上响起了噔噔噔噔的脚步声，接着是嘭嘭嘭嘭的敲门声。

"外面是谁?"阿芒谨慎地问道。

"你!"

"你是来送晚饭的吗?"

"是的。"

"好吧,请你端回去吧,我要去别处旅行。"

在夜色的掩护之下潜入米酒之乡,这一选择,阿芒是严肃考虑了很久的。他知道自己不是个为声色所左右的肉食之徒,并不存在于放浪形骸时在女人的怀抱里烂醉如泥直至魂归西天的颓废行径。他认定自己还是个纯洁无比的少年。米酒之乡使阿芒魂牵梦绕,完全是阿芒那特殊的阅读方式所致。

现在回想起来,阿芒的祖父无疑是个地道的老天真,当全家人神魂颠倒为一句咒语所驱使倾巢而出时,唯有他在花园里的竹椅子上端坐不动。小孩子们在他们母亲的声嘶力竭的吆喝声中,逃命般地蜂拥而去,就在这当口,祖父一伸手,拉住了阿芒。这是奇异的一刻,一种类似凝神屏息的感觉抓住了他,就在这一瞬间,他们感到是那么地心心相印。"我将陪伴你,老头。"花园有如为月光所清洗,笼罩着一重黯淡的光辉。这是人们交媾和百般温存的时刻。"草木花卉将有一个世纪不再生长。"祖父和蔼地端详着孙子。

阿芒对正在发生的一切心领神会。他曾被告知,当他降临到尘世的那一年里,街上满是跳神的巫婆,她们全由胸脯丰满的妙龄少女扮演，这些过早成熟的女子全是精通房事的青楼户主，她们独当一面左右了这一带的繁荣，尽管因着世事纷争的逐渐平息，她们全都销声匿迹。但她们的气息依然充盈在街道的上空。阿芒在这样的空气中长大成人，他自然而然地承袭了花前月下的优柔的敏感，加之佐以祖父那不顾一切的独断的教养，使他很快就如一个阉人一般六根清净了。

阿芒面对突如其来的整个家族的逃避行径不卑不亢，他在空落的院子里不慌不忙冲着祖父偎依过去，他抚弄祖父的平直的短发，将面颊贴紧祖父浮云般的苍老面孔上，他深知祖父需要他，需要一个男孩、一种同性的顺从。

祖父是个热心而勤勉的拓荒者，他在破烂王国里拥有绝对的鉴赏力，他深谙被人遗弃的杂物的脾性，他周旋于其中，也将永生于其中。"我将教导你接近它们。我将唤醒你的悟性，你终将热爱它们。"

在祖父众多的珍贵收藏之中，有一册线装的家谱，深深地吸引了阿芒。不言而喻，这册纸页泛黄，散发着霉味的家谱跟阿芒的家族无丝毫干系，但祖父一再谆谆教导他，要仔细研读，不得有丝毫疏漏，"家族都是彼此相似的。"祖父曾点拨道。

阿芒小心翼翼地翻弄着书页，一股腐败的气味扑鼻而来，"我呛着了，祖父！"

"呵，你兴许是闻到什么了吧？"

"什么？"

"他们的气息和他们的故事。"

是时候了。阿芒告诫自己，这是最后一次从外部阅读这本书。他从扉页开始，不放过任何一个细小的局部。米酒之乡是一个广大的区域，当然它是随意出入的，可是千百年来似乎一直无人问津。人们为什么不去涉足这些很久以来一直朝他们敞开着的地方呢？他们是有意忽略还是不感兴趣呢？

阿芒翻到第七十五页的倒数第四行："那些裹足者从飞扬的尘土中浮现出来，他们走向道旁的酒店……"阿芒继续往下读："他们在陌生的店堂内纷纷落座，和和气气地向店家要酒。店外是一派暮色。只片刻工夫，就醉倒了一半……"他几乎辨认不出接下去的文字，他朝其中的一位长者伸出手臂，那人差点要仰倒在地，他从唇间喷出一股酒气。阿芒连忙将那册家谱夹在书中间，我兴许还要打这回来呢。

你坐在顶楼的窗前，她端来的晚饭还放在桌上。时光在窗外的暮色中飞速地流逝，你保持着最初的坐姿，她挺着腰，凝神望着窗外。日子似乎又到了秋天。

这中间过去了多久，她不知道。她的面前是一册家谱和一袋铜币。阿芒曾悄悄告诉过她，说是祖父的遗物，但她对这个所谓的祖父毫无印象。眼下这两样东西反成了阿芒的遗物。那似乎都是另一个秋天的事了，她请来了一大批有着秘密身份的男人，去寻找阿芒。他们每人都通读了一遍《米酒之乡》却还是入书无门。他们正读，反读，跳读，寻章摘句或断章取义，直弄得满头大汗，仍然没有人朝米酒之乡哪怕伸进一条腿去。

你在他们折腾了大半夜之后，指着第七十五页说："你们！没留意这个酒店吗？他有可能在这里面。"

"你能断定吗？"这些男人异口同声地喝问道。

"我进来的时候，书正翻到这一页呢。"

那时候正是秋天，那些男人互相推搡着挤进了楼下院子里的那只地窖。据他们说，经观测星象以及用纸牌算卦，他们求得，《米酒之乡》一书所描写的这个挤满裹脚者的酒店绝不是非尘世的，穿过楼下院子里的地窖，在黑暗中行走七七四十九天外加半个夏天，当见到一线光亮时，那上头就有可能是第七十五页所写到的那酒店。"我们将在那儿抓获他！"

"我们要善于等待！"你安慰自己道，"晚饭还没有完全凉呢！"这位女性对自己的命运有些深刻的了解，她不断地紧紧抓住现实的感觉。比如，在夜空中掠过的飞禽的影子，用以慰藉她在静坐内省时体味到的漂泊感。她宁愿相信她对过去和未来的无知，也不愿在历史中翻箱倒柜。她没有告诉过阿芒，她本人也叫芒芒。

这中间包含着一个小小的秘密。它隐含着寻找和期待两个方面。芒芒隐约感到，她打从出生起几乎一直就在这楼里跑上跑下，往顶楼送饭是她的永恒使命，那些个在顶楼里居住的男人几乎全是不辞而别,以各种各样的方式消失得无影无踪。芒芒只得干坐着苦苦等待,好给他们热一热凉了的饭菜。这样的故事不断地在顶楼里发生,日积月累,变得像神话一般令人难以置信。

芒芒就这么端坐不动,让秋天的感觉在她身上渐生渐灭,她细细体味季节本身的变化,分辨晚风在初秋、中秋和深秋的各种甜味。她如此全神贯注地沉浸在对时间的思考之中,心里是既甜蜜又哀伤。看着秋叶沉稳地扑向地面,芒芒突然在内心深处爆发出生殖的欲望。她恍惚间感到,似乎是在靠近顶楼的那几阶楼梯上受的孕。她感到她的皮肤紧贴着楼梯的木栏,一种甜蜜的撕裂感以令人惊厥的痛苦之手猛攫住她的下体。这会儿在顶楼里居住的是谁?芒芒问自己。

芒芒依旧坐着不动。她希望保持这样的姿势直至分娩。她抬起手臂,将手指并拢凑到唇边。她想找回与人接吻的感觉。那无数的吻印早已叠加着深深嵌进嘴唇的所有纹路之中,幸福和辛酸显然已无处不在,嘴唇的颜色在一夜之间由鲜红变成了深紫。她似乎是在守候冬季的死亡,一阵彻骨寒意从冰冷的子宫里升腾而起,涌向她的脑际。分娩!她对自己大叫一声便被一片冷血淹没了。

这个秋天没有一丝雨水,除此之外,并没有其他异样之处。阿芒在酒店里坐定,他惊异于自己没有了愤怒的感觉,他就像在一大片大水之上滑行,乘着文字之舟顺流而下,他不能在任何一处多作停留,书页像风一样翻动,又像浪一样止息,米酒之乡犹如一个无声的世界,把一切黑暗的冲动全部引向一次最终的酿造和畅饮。

在跨入米酒之乡的瞬间,阿芒就有了一种延伸感。它和对人体感官的超越不同,不具有经验性。它又与思维的抽象性保持距离,不承认法则的认同可能。它似乎是对无限性的一种安慰,是黑暗之极时产生的一种光明的错觉,是在呼吸中体验到的一种搁浅感,是从生的反面向死亡的一次逼近,是对缠绕灵魂的不可企及的解放感的一次转瞬即逝的解脱。

阿芒试图在喝第一口酒之前重新验证一下七情六欲,但是就在他回忆往事之际,他已离开了酒店。他完全为收获季节的繁忙景象吸引,在来回奔波的农人间徜徉。原野上绵延不绝的劳作使阿芒开始怀疑自己的短暂身世。与生俱来的那种焦急的询问在原始而又亘古常新的耕种者面前显得安详起来。但是阿芒明白,这种探询的欲望会在别处焕发出它的光泽,把人的心灵重新引回到焦虑的炼狱之中。

《米酒之乡》并不是一本很厚的小说,即使如阿芒般彻底潜入它的内部,也是很快就会走到尽头的。问题是这是一部可以让人从里外同时阅读的小说,它命该如此。

芒芒等得实在有些不耐烦了,但她又对自己端坐的姿态十分满意,她不愿意用在房间来回走动的方式来打发时间,无可避免的结局便是捧读身旁这册惹是生非的小说。

她将阿芒匆忙间夹在书页中的家谱移开,她不打算从头念起。第七十五页,她找到了那家酒店。

芒芒将手指按在她的目光所及之处,似乎她害怕这些文字会像携带瘟疫的蚊蚋一般飞动起来。但是这些文字确实移动起来,透过它们的间隙隐约可以窥见一个芒芒所熟悉的孤寂的身影。他脱离了米酒之乡的具体环境,漂浮在一个杜撰的世界之中。他通过这种荒诞的游历将他的身世和他的内心历程向芒芒呈现出来。

秋季是他生命中的唯一季节,他所有的故事都发生和终止在秋季。甚至他写过的唯一的一首诗也是关于秋季的。这给芒芒一种感觉,就如背景是静止不变的,而人物的每一个单纯的手势,每一个呆板的表情都是一次隐喻。故事并不复杂,但任何解释都叫人感到隐晦。

阿芒坐在祖父的花园里拍卖祖父的遗物,而此刻,祖父的遗体就在阿芒的身旁。秋高气爽,阳光明媚。这使星期日的拍卖格外地顺利。阿芒对墓地和下葬不感兴趣,这类与死者共同参与的仪式令阿芒心慌意乱。

有一个过路的中年秃子想要祖父的那顶毡帽,阿芒便把他领到草草钉成的棺材前。阿芒漫不经心地从死者的头上摘下帽子。"他本不该戴的。"阿芒嘀咕道。

"是啊。"秃子附和道。接着他又要死者脚上的那双布鞋。"这么着吧!"阿芒建议道,"你把他拖了去吧,省得我去给他下葬了。"秃子吓得扔下毡帽就跑了。

这类伤天害理的行径叫芒芒看了恶心。

随后,阿芒带着一脸游手好闲的神情,出门寻找他的离散多年的亲属,他在一处城墙下与一个贩鸽者搞得情投意合,一个晚上吃掉了一百只雌鸽,他还跟守门人的女儿调情,弄得一个规矩人家妻离子散,把一个好端端的黄花闺女变成了没脸没皮的泼妇。

阿芒好歹总算挤进城来,他四下打听,到处探访。这段流离失所的生活使阿芒产生了变化。

永恒的秋天。

阿芒在一个寄宿学校的走廊里停住了脚步。学生们还在远处的操场上不耐烦地摆动着肢体,目光严厉的教师在他们的四周巡逻似的来回走动。其余便是初升的太阳和什么人吐痰的声音以及不可或缺的清嗓子的声音。

"你是来寄宿的吗?"一个油头粉面的中年人上来搭话。

阿芒不知如何作答是好,"这是旅店吗?"

"也可以这么说罢。"

"我不住店,我是来找亲戚的。"

"闹不好我们这儿正有你的亲戚呢!"

"你是干什么的?"阿芒有点喜欢上他了。

"我是校长。"

阿芒在这所貌不惊人的寄宿学校里待了半年时间,他徒劳地在师生中搜寻他自己也闹不清的所谓亲戚,结果招来了好些私生的弃儿跑来大叫大嚷地要认他做父亲,这让阿芒着实羞愧了一阵子。另有三五个轻佻的女生,每月一次跑来左一声右一声拖着腔打着颤地管他叫表哥,这又让阿芒迷惘了一个时期。

只有到了夜深人静之时,才是阿芒的好时光,那位小白脸校长悄悄地来到了他的身旁,他们通宵达旦地促膝谈心,那些个不眠之夜倒是叫阿芒开了眼界。这位校长先是许诺一定帮阿芒找着亲戚,接着便与阿芒厮混起来。这人有杜撰欲,他擅长在所有真实的事情上加花,直至最终让乱七八糟的花边把事件的真相掩盖起来。

"我是一个孤儿,"他先把自己毫不犹豫地抛进一个悲惨的境遇里去,"我从小就没有得到过父爱,"校长察言观色地稍作停顿,见阿芒没有明显的反应,便加强语调的变化,"我从来就不知道抚摸是怎么回事,我根本就不知道我的母亲是谁,我至今不敢妄想博得女性的垂爱……"在这些肉麻的污言秽语出口之际,他的干瘦的手指朝阿芒伸将过来。

"啊!……"阿芒夸张地大吼一声,吓得校长两天不曾小解。

这一令阿芒啼笑皆非的经历使他愈发怀念起祖父来。当初,祖父一把拦住阿芒,没让他随家人席卷而去是有道理的,祖父的预见性是显而易见的。

我的犹豫不决永远伴随着我的回忆。芒芒想,这非常自然,我的思想中间混合着沥青和米酒的气息,诗歌只是我的心灵休息时的一次漫不经心的唱喏,她颂扬最高的法则与她贬黜卑下的欲念同样是在一瞬间,这类惬意的走神不断地巩固着一个女人的感性,使她在短暂的情爱和悠久的历史中间悠然自得。

从她对她所不曾占有的生活的拒绝中,她听到了阿芒的脚步声,那里的土地似乎异常坚硬,行走的声响足以贯穿任何小心的假设以及大胆的求证。这冥想之邦的漫游以尖利的抽象毫不迟疑地刺穿言词和书,然后,收回她的柔软的慰藉,把切割成块的现实以及粘连着的感觉扔向一派虚无之中。

阿芒走得未免过于匆忙,他没有留下让人猜度的任何迹象,犹如奔马和锁,以他精神上的飞跑使他人的想象力陷于荒谬的拘束之地。他和顶楼之外的世界有一种天然的陌生感,他用一本书为自己筑起一道屏障,在近于变态的阅读中超越现实的企望过程化,最终化作屏障的一部分,使外界和自己同时归于乌有。

芒芒望着打开着的《米酒之乡》,竭力平复自己种种转瞬即逝的联想。顶楼为午夜和风所守护,它们同样也守护那些豪华的思想那些简陋的渴望，花园在黑暗中充满隐秘的窒息之感，这是所有佝偻者起身呼吸水分的时刻，成长和衰老平易地使夜行者疲惫了，他们开始绕着街道整饬的和古老的寺庙闲散地踱步，他们的幻觉中叠现出母亲哺乳时的雄姿和爱情曾经给他们带来的小小的错乱。他们熟悉的房屋倾斜起来，让他们观赏那霉湿的底部。太阳轻易地浮升出来，照耀那些假想的栅栏和篱笆，直到月亮出现在那布景一般的天空上，驱走滞留的温暖和装模作样的透明状态。树和其他的植物都在生长，纷繁的色彩像在回忆中那么变幻着，一刻不停地催促芒芒的想象向户外的画意靠拢，令人乐意流连于手足无措之中。

在众人一致唾弃的颓废之外，在缓慢移动的树木和季节之外，在潮汐一般恒常的悲哀之外，芒芒依然没有走在友谊和关怀的节拍上。她和阿芒的臆想隔着米酒之乡厮守着。她安静地凝望这本书，一切无所用心和别有用心的浏览全部退向一侧，给深刻的无知让出路来。

芒芒觉得《米酒之乡》好似一部编撰极为精致的诡异的辞典。娟秀的风情和凶神恶煞般的诘问被井然有序地安排在同一风格化的部首里，对杯中之物的回味和酒后的放肆则被小心地隔开在不同的诠释之中。书中诸人的行走和驻步甚至不能给他们自己带来变化的喜悦和变化的困惑，这些人物面目可疑，似是而非，说起话来众口一词而又各有阐释。甚至很为阿芒担心。很难想象他会走失在哪个狡诈的迷宫或掉落到哪个和蔼的陷阱里。芒芒不知道阿芒的祖父一如阿芒不知道芒芒的所有那些七叔八姨，他们确乎叫一次从书中模仿来的拙劣的迁徙隔离开来，很快就从音讯全无落到了相互难以辨认的地步。而如今，这个不期而至的浪游者刚刚回到家中，还未及真正确认他的位置就在顶楼里消失不见了，实在让芒芒担心。他不像芒芒周围的那些人。他们在这个地方神通广大，且又个个臂力过人，像翻墙入室及杀人越货的事他们都不乐意干，他们整天聚在一块琢磨宏大的打算，诸如：在什么时辰给月亮加冕，在什么时辰替彗星清扫道路，要不就忙着换算牙慧的比重，再就是默候小肚鸡肠的回响。他们又热切又谦卑、又温和又固执，早已在这个城市有了些名声。

芒芒又将思绪收拢到面前的这本书上来，这一回，她微笑起来，觉察到一些有趣的现象。她感到自己和阿芒有一种关联，一种血一样发腥的引力，它敦促芒芒向内心深处拼命奔跑，试着抓住一度浮现出来的近似感。这种似曾相识的感觉让她濒临不加解释的恐惧。她不是一个男人，没有一种无所不在的进入感，也没有一种足以摆脱一切的退却感，更没有那种在有限之中消失不见的勇气，她唯一所擅长的是在这处花园中的小楼顶层静候阿芒的复现，直到一切化为齑粉。她的等待比时间更久长。

她并不是一名具备了特殊机制的人，能够仰仗数学演算和最纯粹的世界保持联系，她也无力借助线条抑或色彩在一种抽象行为中把世界还原到一个平面上,她也不想利用节奏和旋律来强化外部世界的寂寥感,所有由内向外呈现的形式企图都和一种莫名状态混淆在一起,并由充盈在时间和空间之中的玄学护佑着,不受任何冥想的侵害。

她曾在秋季的某一日预感到阿芒的出现,他走在一条阒无人迹的街道上,他所经过的那部分空间没有声响,天空为灰云所遮蔽,他的脸孔黯淡无光,几乎看不清五官的轮廓,芒芒惊讶于自己的想象,为什么他没有出现在江河山脉之间,驾舟或者策马,那些自然景观似乎跟他没有关系。他没有山野之气,那种潇潇洒洒的风姿在他犹如一种奢侈。

芒芒居住的这个城市有着甚为悠久的历史,但阿芒的到来使她忘却了这些。她受制于独立于时光之外的叙述,在狭小的顶楼里,睡思昏沉而又夜不能寐。

时间似乎已经过去很久了,阿芒在米酒之乡步行多时,几乎忘却了他是怎样来到这个书中之国的了。他隐约感到自己是个异乡人,是漂泊和浪游使他远离了故乡。这故乡和他内心深处某种隐秘的欲望维系在一起,而这种生死不渝的维系又依傍着远离它们的漫游。这是精神和情感上的背井离乡,无论忘却或不忘却,阿芒都摆脱不了迷惘的感觉。他在米酒之乡寻找相似于他的整个记忆的什么东西,它没有具体内容,仅仅是一种试图回忆什么的感觉。它和过去岁月中的某段日子,某个地点,某个人物联系着,但又似乎都不是,就像秋天里的一次谈话,在心里留下了那一时刻的气息,那种游丝般若断若续的傍晚的歌声,那种不合语法忽视逻辑犹如借用了异域抑或死去了的语言但又迥异于诗的语言的亚语言状态,它和米酒之乡用来陈述祖祖辈辈在民间为皇宫炮制灯笼的百姓的故事所使用的语言不同,但它不是借冥想的名义草率地背弃它,它和它保持一种适当的距离,它们朝一个地方走去,但显然又到不了同一个地方,它们和阿芒的生命相傍而生,左右着他,使他迷失在它们之间。这种迷惘而又执著的感觉又类似于清凉秋季里某个宁静的片刻,在恍惚之间一切全杳无声息,甚至意识不到风的吹动,这时广大的恬适的平静可以被确认是无处不在的,阿芒认识到与生俱来的消隐感在捕捉着他,促使他就范。令他微不足道的逃遁陷入单一而又包罗万象的世界的要素之中,使他所有的朝米酒之乡的虚幻的逃避行为最终全都结束在实在的向置放着无数书籍的顶楼的回归之中。

这些形销骨立表情淡漠的人,世世代代就在这块平整的土地上制作灯笼。他们用相思树的枝条做成骨架,然后用祖上传下的油纸围在四周,随后着人送往皇宫以备庆典之用。日复一日的劳作使他们的手指磨成了坚实的肉棍,当阿芒走入他们中间时,已到了《米酒之乡》的最后部分。

"你们这儿有客栈吗?"阿芒问一个姑娘。

"客栈?"

"我是说宿夜的地方。"

"有一处,"那姑娘毫无表情地用手指朝阿芒身后指了指。"你转过身去,一直向前走,那儿有一座房子,我想你可以在房子里宿夜。"

阿芒并没有看到什么房子,但他听从了扎灯笼的姑娘的劝告,小心地穿行在满地皆是的灯笼之间,在睡意的催促之下,向结局之夜蹒跚而去,道旁的悲欢离合已经不能使他分心,他叮嘱自己快走,他所热爱的故事使他飘忽起来,向着秋夜的眠床重叠过去。

祖父!他的手触到一袋铜币和一本书。噢,他在心底呼出一口气。噢,这季节怎么老是不过去呀?

午夜时分,漆黑一团的天空有流星闪过,似乎是要揭示出夜幕下的若干秘密。同时它也宽容着一些无耻的行径,好像它们生来是为了互相印证。

《米酒之乡》依然打开着放在芒芒的面前。芒芒不为这个荒诞的故事所动,她只是耐心地等待着。她对自己诅咒发誓,只等阿芒一脚迈出米酒之乡,她就一把将这篇醉鬼的胡话扔出窗外,她深信当它落地时一定化作了一堆枯枝败叶。随后,她要去点上一把火,让它们化作一股烟雾,叫秋风把它们吹得无影无踪。她就这么咬牙切齿地坐着,毫不惋惜时间的流逝。

她这端坐不动的架式纯洁得令人生畏。这遥遥无期的等待使她回顾了许多如烟往事。她的回忆中不断涌现男子的形象，他们如一群子夜的守床者盘桓在她的四周，而她则夜夜踯躅于莫名其妙的躁动之中。悲苦是她的理想，她日常的生活犹如一支庄严而缓慢的乐曲，只是没人演奏，它静悄悄地待在乐谱内，把它所有的沉思和热情封锁在一些彼此孤立的符号之内，他们等着一只巨手去抚弄琴弦，去拨动它们，用纤细的触觉把它们联系起来。首先朝她走来的是吸烟和不吸烟的祖父，他们交替出现。他们管她叫阿芒、芒芒或者芒，他们总是在傍晚的斜阳中端坐在花园中的竹椅上，他们手里玩着念珠或不玩念珠，他们口中念念有词或者缄默不语，他们起身在花园走两步然后坐下或者根本不走，他们注视她或者全然视而不见。

这花园，芒芒现在可以从楼上的窗户向下俯视，将祖父的故事一览无余。

仍然是秋季。祖父在花园里抚琴而坐，他拨动了岁月的煎熬和时光的重迫，并且引来了陌路人的驻足聆听。他嘶哑的嗓音还哼唱出逸乐的音调，用最为凄楚的欢欣驱散了矮篱笆外的围观者。他是一个伶人，他既为自己的心灵而唱也为无数不期而遇的浪游者讴歌。他歌颂永恒的季节也歌颂稍纵即逝的幻觉，他为灵感的降临幸福地击掌称快，他也为智性的迷失而痛苦地扼腕垂惜。他吟唱完了阳光再吟唱雨水，咏叹完了爱情又咏叹死亡，他聚集起一名凡夫俗子的所有能量向虚幻之境作至死不渝的冲击。他短暂而又快乐地生活在他的花园里，并且最终在那里死去。这一切，都在一瞬之间，都在芒芒这垂下的一瞥之间。

谁都有可能是一次死亡的绝对占有者，但是谁将体验它呢？

祖父依然坐在花园里。似乎在这之前，他已经待了许多年，并且还将在那儿待许多年。他可以将这块有限的花园无限地放大开去，在它的作为他的背景的巨幅画面上，展开从古至今的各种类型的幻觉。他要在这里上演他的生殖和他的死亡，他富于激情地表演他的本能也表演他的心灵。他漫不经心地将内心深处黑暗的冲动展览出来，又悄悄地将它们改头换面，以充满柔情蜜意的坠落散布出去。他的手法像一个梦游者那样毫无节制而又慢慢吞吞，就如在极度的紧张之中活动他的关节……

芒芒完全为祖父的幻象所制约，没有注意到花园中的杂草已经长得老高，并且已经越过门厅和走廊，沿着楼梯朝顶楼伸张而来。它们在所有楼梯的缝隙里探出青绿色的身姿，散发出一种苦涩的土味，再让这土味去占领杂草无从进入的空间。

"祖父！"芒芒朝花园里那位操琴的老人大叫起来。

"什么事？"祖父不慌不忙地抬起眼帘。

"我闻到一股土味，"芒芒很高兴祖父会跟她搭话，便提高了嗓音："我刚才没有闻到，我是刚才才闻到的！"

"说得对！土味全是土味！"

"我看我还是下楼到花园里来吧？"

"现在不行。"

"为什么？"

"楼梯上满是杂草……"

对话持续了整整一夜，天色微明之际，芒芒醒了过来，她决定下楼去看看。

她在曙光中关上所有的窗户，将鸟的鸣叫和树梢的摆动挡在户外。最后，她小心合上《米酒之乡》，并用装有铜币的钱袋和那册页边卷起的家谱压在书上，以防她不在时，有谁从里面溜出来跑掉。

芒芒这才去推开房门。

楼梯洁净非凡，就像是她刚刚亲手擦拭一样。如此一尘不染，直让人以为是在梦中，一片枝叶掠过，带走了全部浮土和积圬。

被家族支钱唤来搜寻阿芒的众多神秘人物，此刻正固守在经严密推算求证出来的那家小酒店里，他们一边喝酒一边默默守候一位永远也不会复现的人物。

他们以为他们找到了幻想的源泉，就能堵住所有精神的游历，浑然不知阿芒是一个例外，一个诗情促成的例外。

黎明的时候，阿芒看到室外那些临窗而立的鸽子，它们轻轻地，用嘴捣着阿芒的面颊，跟他说着晨间的话语，然后它们翩然飞去，让那些振落的羽翅在秋季的天空中徐缓下落。养鸽者在一旁望着它们在空中的姿态，似乎是在端详鸽子和天空结合在一起的含义，他仁慈的目光在朝霞的重染下闪闪烁烁。

阿芒想从大地上抬起身来，他感到梦魇是从下面，他的身躯底下压迫着他，使他不能左右环顾，他听见养鸽者一边爱抚着他的鸽子一边在跟他谈话，教导他怎样携带他的冥想和交臂而过的人们相视而笑，去发现他们的良知，体会他们的哀愁。

阿芒听着，听着这些如山岳般古老的话语，他不能深究它们所拥有的全部含义，他试图在黎明中翻过身来，仰沐露水的恩泽，让清新的空气进入他的胸膛，然后，用整个身体去体味养鸽者的训言。

"如果你是我的父亲，我将爱你。"

"如果你爱我，我将是你的父亲。"

"如果你将是我的父亲，我将恨你。"

"如果你恨我，我将是你的父亲。"

阿芒还是无力向着天空翻转身来。

"你应该选择暗淡的水边，洗刷你的内部。"养鸽者说。

"你应该在残忍的爱情中幸福地死去。"

"你应该听取男人的谈话和女人的呻吟。"

"你应该了解夜晚的胆怯和它的粗鲁。"

"你应该懂得水的凄凉和风的苍白。"

"你……"

阿芒终于在不断的训诫声中苏醒过来。他不小心撕破了一页纸,那上面正写着一只盛满酒的杯子,他想,它应该在一片喧响中碎裂开来……

知更鸟在残败的篱笆墙上栖息了片刻,它们佯做无知的神态在夕阳中搔首弄姿,等到光线收走了它的全部暖意,它们便也随同余晖一块飞进了暮色的深处。

黄昏的花园里异常沉寂,犹如借着秋季的情调,一个宁静正赴另一个宁静的约会。在影影绰绰的树荫下,被打发去寻找阿芒的人们出现了。

这些人从长满杂草的地窖口抖抖瑟瑟地爬了出来,一个个神情恍惚如梦游一般。他们在黯淡的花园里转悠了一番,相互之间默然无语,就像一群素不相识的陌路人偶然聚在一个陌生的地方,他们有着无可言告的相似的苦衷。

"喂!"他们中间一个精壮男子冲着黑咕隆咚的花园吼叫起来:"有人吗?"

芒芒从过道里走了出来。

"你们找到他了吗?"

即使时间过去一个世纪或者更多一些,这些肩负着秘密使命的人也不会忘怀这令人窘迫的一刻,他们按着他们的智性为他们详细描绘出的精确地点,经过艰难的跋涉所抵达的竟然是出发之地。

"我们以为到了米酒之乡呢。"那吼叫着的男子,声音顿时萎缩了下来。

"你们肯定是在什么地方弄错了。"芒芒说道。

"我们是不会错的,因为我们从来就没有错过。我们从未错过一个安葬死者的夜晚,从未错过一个有甜食的早晨,我们从未因为在大路上扭歪了脚脖子而错过去天使营地的列车,怎么会错过一个不小心掉入书中的傻瓜呢?"

"你刚才说什么?你好像提到了天使营地……"芒芒忽然之间兴奋起来,她没有想到居然能从一群四处游荡的陌生人口中听到如此神奇的字眼,"你们到过天使营地?这么说你们一定见到过养鸽者了,他是天使营地看门的,你们不会没见过他。"

"天使营地是一大片竹林子,没听说有什么门啦窗啦的。"

芒芒不再与他们争辩,这些人显然有眼无珠,进了门说没见着门,推开窗说没见过窗。阿芒肯定是他们忽略了的。

他们就这样站立在花园的正中央,星宿在他们的顶上移动。就这样,他们忘了时间,或者说,至少是芒芒放弃了时间,她想到了风和雨水,接着意识到了口渴,紧接着出现的是瓦罐和溪流,最后她看到了一个老人的背影,他双手随意地放在身侧,给人一种如释重负的感觉。

"祖父!"

老人似乎有点耳背，他微微有点摇晃地朝前走去。

"祖父！"

随着芒芒的一再呼喊，所有发出光亮的东西全都朝暗处隐去。但是老人始终不肯转过身来。

这时候，一股淡淡的、带烟味的、男人的气息在空中弥散开来。

"你愿意回答我么？祖父？"

"你不要打扰他！"这时，阿芒完全被唤醒了。这是一次完整而富有诗意的睡眠，不过他的苏醒是和幻觉相联的。

又是秋天。这种让阿芒隔着岁月的幕帘在恍惚间一下子认出的秋天，传达给这位美少年一缕知命之感，他感到宿命之神在千秋万代之外向他频频挥手。阿芒记起了在祖父后院那些杂草间玩过的那套中国盒子，当时他是那么期望能够如投身繁荣一般跃入最里层的那只闪着黑色光泽的木匣子，将凄楚的平静抛向身后。阿芒。他在呼唤自己。在某个思维的间隙里，阿芒促使自己站了起来。他竭力避免自己去想诸如为什么、怎么办这类不着边际的问题。他将自己的注意力集中在脚底的触觉下，通往天井的过道昏暗得令人能够在这里与神对话，阿芒就像走在一片吸足了水的海绵上。生命是如此沉重。

秋天的天井里，站着芒芒。她浑身上下水淋淋的，就像一只知足的水禽在刚刚登临的浅湾里散步，她的丝丝黑发像一只带吸盘的棕色海蜇紧附在她的大脑袋上，她的五官七窍像日常一样痛苦地拧紧着,她丝毫没有害怕的表情,就像这脉脉含情的季节不可能存在害怕一般。她甚至不像一具动物,对即将面临的一切没有一丝预感。

"你好啊!"她的问候还未及抵达阿芒的感官,她已经开始后悔了。阿芒刚从充满霉湿气味的过道里钻出来,他像过节那样轻松随便,他手里握着一柄锋刃带齿的短剑,犹如走向一头牲畜。

此刻正是午时,阳光从他们的顶上毫无遮掩地直射下来,他们互相听到了对方的喘气声。午间的阵风没有停止吹送,七姨八叔都在各自的厢房里用小柴棒剔牙。

"祖父!"阿芒在心里撕心裂肺地叫唤了一声。他知道自己将要以放弃祖父的家谱、祖父的铜币为代价,赢回他在家庭中的地位。伴随着这一声呼喊,他耳畔是一派鸽子的咕咕声。这低声的鼓噪先是勾起了思绪接着又抑制了回忆。阿芒有一种遏止不住的欲望,他想象自己是一个远古的武士,急切地想用鲜血来激发自己的意志,或者是一位远古的谋士,焦急地想用鲜血来洗刷多虑的灵魂。

"血!血!"阿芒已经听不到任何内心的音响,一切清晰的抑或不太清晰的内部的询问都幻化成了鸽子的语言。他感到自己无比纯洁。"我要用你的鲜血来证明我自己。"

他们拥抱了。

在远处,在深色玫瑰盛开的谷底,秋天的情调好似幽黯峡谷里倏然冲破沉寂的一声鹿鸣。它飘忽不定而不是无处不在的。纹丝不动的矮脚草在最初的寰宇气息里即已生长，那些在冗长不变的下午静卧不动的林中野兽依靠着痛苦的知觉默候同类间的偶遇，它们的林莽思绪随着它们腥味的呼吸弥漫开去。

秋天。阿芒想到。他们在鸽子那含义不明的微语中拥抱得越来越紧。阿芒在他目光所及之处看到在广场上止步的行人。那是一处思想的广场吗，或者它比较窄小，比较次要，仅仅是一条思绪的通道，人们停下脚步，打量那些被擦拭一新的理想和渴望的遗迹。

阿芒幻觉中的影像随着预谋多时的杀戮变化起来。人群像液体那样溶汇在一起，彼此不分。

几乎是在一瞬间，阿芒感觉到了他幻觉中所见的一切：鲜血的涌动和一种逐渐增强起来的失去感。他感到阳光越来越强烈地照射着自己，然后是阳光的苍白无力。他摸索着试图寻找先前紧握着的那柄利刃，但他在摸索中失去了手的感觉。他的身体先是有一种飘浮感，犹如一只临风的紫蝶。紧接着，阿芒找不到自己躯体的位置了。没有了。阿芒对自己说。

咕咕咕咕咕咕咕咕咕咕……

阿芒像进入平滑的水面那样进入大地的植被。

养鸽者说，你是我的儿子。

访问梦境

到了结束的地方,

没有了回忆的形象,只剩下了语言。

——卡塔菲卢斯

　　如果,谁在此刻推开我的门,就能看到我的窗户打开着。我趴在窗前。此刻,我为晚霞所勾勒的剪影是不能以幽默的态度对待的。我的背影不能告诉你我的目光此刻正神秘地阅读远处的景物。谁也不能走近我静止的躯体,不能走近暮色中飞翔的思绪。因为,我不允许谁打扰死者的沉思。

　　这显然不是最初的事件。这些目光游移的人骑马来到海边。黎明前夕,岸边的风吹打他们。这种潮湿而充满暗示的抚摸使他们绝望地守候天明。时临正午,他们中间有人发现他们的皮肤渐趋棕色，他们意识到有什么东西正开始发生变化，就是这种对变化的意识使他们驻足不前。他们面对大海朝后退去，仿佛那蓝色是生命的一种威胁。当一些植物在他们膝间摇曳时，他们中间的一部分人倒下了。作为对倒地的崇拜，所有的人也都仪式般地倒向大地。当一行飞禽掠过之际，他们化作了泥淖，并且宣布：我们是沼泽。

与此同时，在远方山脉的另一侧，一些面容枯淡的人预言：一切静止的东西终将行走。于是，树开始生长。平原梦想它们褪去了干草和瓦砾的遮掩，向临近他们的人物和故事开始吟唱追忆的歌曲。世纪的帷幕拉上了。死者的窗户也已关闭。一只手在我的眼帘上画下了另一只手。

我行走着，犹如我的想象行走着。我前方的街道以一种透视的方式向深处延伸。我开始进入一部打开的书，它的扉页上标明了几处必读的段落和可以略去的部分。它们街灯般地闪亮在昏暗的视野里，不指示方向，但大致勾画了前景。它的迷人之处为众多的建筑以掩饰的方式所加强，一如神话为森林以迷宫似的路径传向年代久远的未来。它的每一页都是一种新建筑。对这种新建筑的扼要解释，在我读来全是对某个显而易见的传说的暗示。在页与页之间，或者说在两种建筑之间，我读到了一条深不可测的河流，读到了它污秽的色彩，读到了它两岸明丽的传说以及论述河流与堤岸关系的许许多多的著作和文献。我的眼睛随着书页的翻动渐渐地湿润。一个声音在地平线上出现，它以一种呓语般的语调宣称：最终，我将为语词所融化。我的肉体将化作一个光辉的字眼，进入我所阅读过的所有书籍中的某一本，完成它那启示录的叙述。

但是在此之前，我还必须以一种平凡的方式，阅读我梦一般的内心，以此守候我的奇异的苏醒。

修枝时节。鸽羽般洁白的书页为我棕色的手指所翻动之际，我听不见任何音响，战争在远方。当我孤独地默读讨论情感流放那一节文字的时辰，一枚暗红色的植物标本从书页间落到我的怀里。我把它举到我的眼前。我惊异地意识到，这枚勿忘我就要引导我踏上遗忘之舟，逐渐远离具体事物。由我的阅读方式所造成的语感，将使我无以表达我的痛楚，我墓地般的神情只能给人以扫墓者的追悼之感，我肃穆的语气将我的纯洁转化成了不诚实的成熟。我用年轻的目光打开缅怀之门，我又以垂暮之年的仁慈注视它关闭。我的激情在此之间无影无踪。悲痛因此遭受时代的非难和指责，个人私情因此写入祖国纪事之中。

这时我的手指移开。下午的风吹拂我的书籍，并且依次翻动它，直至尾声和黎明。

天色将暗。那些在深夜进港和出航的船只此刻正在锚地宁静地停泊和对停泊的向往中行驶。我沿堤岸行走。我断定，我对这次航行会有所记忆。我甚至早已认出了无可避免的干枯的河道。我渴望我能体验在水边生长的人们对风景的感受，我察觉到人类有能力复制他们隐秘的感情和愿望，并对此进行有节制的批判和扬弃，无色的风帆就要扬起，我看到我这个婴儿被置入理性的澡盆，在情感的潮汐之间，随水而去。

丰收神站立在夜色中的台阶上迎接我。她的呼吸化作一件我穿着的衣服，在星月隐约的夜色下，护卫着我也束缚着我。

室内灯光昏黄，语声充满柔情蜜意。这一切在我看来既是引语也是诚言。一年前，我们共同途经一家古玩商店的时候，她忽然转身对我说，我们家族的历史是秘不示人的。你要想赢得我，就得首先赢得我的家族，也就是进入我的祖先的内心深处。此类箴言似的告诫，当时我只能以沉默应之，我幼稚的心灵不容我设想，我拥抱我的情人，就是拥抱我情人身后一切与之有关的人物和事件。

这时辰，我只能任我的印象安慰我的感觉，让城市生活培育的陌生意识安慰肉体进入恐惧。

在我假想的相遇中，她曾经以异族神话的方式坐在一株千年古柽的枝桠上，在我处子的仰视中飘飘欲仙，她以传说和现实编织目光的眼睛放射着迷惘的圣女的贞洁。我内心平凡的冲动为她的眼睛所揭示。我幼稚而荒谬的情感方式因她的话语而享受到时代的阳光。丰收神在我迟疑的时刻直率而委婉地向我表白了她对潮汐和新月的热爱。这种对超越生命和沉溺生活所作的奇妙而诗意的结合，指引我跨越了异性介入的水线。在鸽子的咕咕声中，完成了青春期的自我接纳，从此驶入布满情感暗礁的智慧之泽。

丰收神向我走来，她在夜色中朝我伸出手。那姿态仿佛正行走在史前的平原上。

在这种时候，你还能那么健康，我真是高兴。

我猜想她所说的"健康"可能指的是"正常"。我确实是通过航行开始驶入某个港湾的，大海的波涛在摇晃中培养了我的飘逸感。

你选择夜晚来访，的确意味深长。

我并不是有意选择，只是我赶到此地已是夜幕降临。

你是怎么找到这片橙子林的？我们居住的这一带家家门前都有一大片橙子林，几乎很难分辨。你是怎么找到的？

我看到了梯子，那架靠在门前的白色梯子，就是你告诉我的那架由一位闪闪血统的老人在他双目失明之前，用他裱书手艺制成的白色梯子。这架梯子是你们家的标志。

我不喜欢你这么说，你这是在模仿我，而我只是在心境恶劣时才会这样说，请你以后再也不要模仿这些，我不喜欢阿谀的模仿，尤其是我的恋人，你别想用这种方式混入我的家族。

我非常难过。我告诉她，确实是因为看见了这架白梯子才没有使我因夜晚和橙子林的香味而消沉以致迷失。我确实将这件家传的古物看作一种文明的象征，才没有被途中所见的所有那些少女和大同小异的橙子林所蛊惑，直接抵达了她的宅邸。

不！她大声宣告。你因此错过了天赐的良机，你途经湖泽而不饮水，正好说明了你天性的软弱，你害怕得病、夭折乃至半途而废，你想表明你以完美的形式寻求到达完美的完美途径。而我的家族，我身后的这扇门正好是歧路。说完，她扭过身去，用手指点了一下那扇带纹饰的漆成玫瑰色的大门。大门应了咒语似的无声地打开了。室内的灯光照射到门前的台阶上，给清凉的夜色增添了几分寒意。

她转过脸来。我感到恍若隔世。

丰收神的身后站着一位穿睡袍的男子。他的脸修整得干干净净。

我父亲。说完，丰收神径自走进屋去。

我通常是在我祖先为我留下的院子里会客的。我对年轻客人的来访尤其满意，这是我的家族兴旺的体现。我这个人对下一代如此宽容，我自己也感到奇怪。我遵从简化了的闪闪人的习俗，在饭桌上和我的子女讨论爱情和性爱喜悦的从属关系。但你不要因此误以为我们漠视世代相传的清规戒律，我们内心的节制是以我们体验朗诵理论的快感来补偿的。我的祖先很早就认为：谈论吃比吃这一行为本身更具光彩，更何况谈论吃什么和谈论怎么吃比之具体吃什么和能够吃到什么来得更有现实意义也更具有超脱精神。总之，你不难从我的言谈中领悟到：惯例对我们这样一个有历史可追溯，有传统可依附的家族来说是崇高的。

他做了一个短暂的停顿，清理一下喉咙中的杂音，俯身凑近我的耳际，神秘地宣布：我愿意在我的余年，忍受你这样有理论倾向的贫民，你来自下层，刚好可以补充我们家族的混乱的血系。

远处传来一阵歌唱般的哭泣。丰收神的父亲消失在橙子林中。那哭泣像是一个女性在缅怀她的初次分娩，又像是一个男人在搜寻他的私生弃儿。

你不用对此感到惊讶。

我身后传来一位女性的温柔的嗓音。我丈夫过的是一种理想的生活。我打断她的话，告诉她，我并没有对她丈夫的这番演说感到惊讶，我只是说，用这样一种别出心裁的方式待客，容易使人气馁。她没有理睬我，两眼注视着漆黑的夜幕，咏叹似的继续她的解释。那是一种文字的回忆，一种尚未泯灭的纯朴的愿望，这的确幼稚，但可以奉献，并且是以自己意识不到的方式。说着，她将手伸给我，引我走进门厅。我丈夫有一种不健康的阅读方式，他总是熟记那些不能被死亡抹去的名字。

你指的是像群居的企鹅这样一些概念吗？我好奇地问道。

不是！你不要以为我在为我丈夫辩护，他无时无刻不在检阅他内心森林般的欲望，你别以为这是冲着你说的，他是个病人，他这一辈子就被澳大利亚肝炎折磨得不行，你应该原谅他，这我求你了。你务必答应我，我以一个妻子、一个女人的名义求你了。你自便吧，我要找他去了，他还是个孩子呢！

她把我独自一人撇在这过道里，往橙子林深处去了。

我从傍晚时分开始。走过迷人的街道，走过诱人的橙子林，走进这座令人生畏的楼房直到现在，我不知道时间过去了多久。这些彼此相似的街道，林子和院落给人一种迷宫的感觉。处处都是希望。而每一步都是陷阱。我的乐趣此刻已不在于何时走出，而在于备受折磨。

我记得丰收神对我说过，她爱我，我是她的理想的化身，但你是我阴暗的理想。我揣测，她大概想将她所意识到的所有罪恶通过我得以具体化。我因此成了罪恶的化身，值得庆幸的是，她时常爱抚她的罪恶。

这个客厅似乎是夜晚的化身。它具有夜晚所具有的由远而近的寒意，渐渐降临又缓缓升起的黑暗，音乐般的遐想以及自我暗示的恐惧。我惊喜于我以如此具体实在的方式迈入了我渴望已久的抽象的历史。

我正面对一扇窄门，迎门置放的一把椅子几乎意味着一种邀请，而椅背上挂着的一条鲜艳如血的围巾又似乎是对邀请的某种解释，而围巾的悬挂方式又像是对任何试图理解解释的劝阻。我在这把木椅前逡巡不止。在我贫乏的记忆中罗列以往无数世纪的那些著名的狂想：侏儒的诞生和巨人的死亡，愚昧的早产和聪慧的夭折，图腾的变迁和祭祀的延续，恋尸者的欣悦和牧羊人的忧伤。由此，将我对具体事物的注视引入对暴力和爱的思考。这个在门前摆设象征物的家族理应被载入典籍，以便为后世赋闲的人们所引用。

越过这把白色的木椅和血色的围巾，沿墙是一排褐色的陶罐。它们一共是十二只，分别盛放着十二种动物的尿液。它们的用途和它们联合散发的气味是我无法臆想和讨论的。我草率地把它们归结为对飞禽走兽的崇拜而导致的"爱物及尿"的心理所为，随即便掩鼻越过了它们。这一由感官决定的忽略是由我固有的偏见所规定了的，而面对旷世的奇臭我们有保留偏见的权力。可是，对这一明显的错误的认识能力是在我进入街道拐入橙子林远远地看见那架白色的梯子的瞬间丧失的。在这迷宫里，我的理性是无所作为的，我只能为我遐想的冲动所驱使，在悲观的侥幸中择路而行。

每当我经历了什么平凡而亲切的事物，我的热情总为我的虚荣所鼓荡，为自己勾画恢宏的远景好在它前面放声高歌。有时，我们日常的对话也是诗，也是舞蹈，没有目的，只是我们内在情感和欲望的折射或剪影。这是我们语言发展的一个较次要的原因。我唯有取这种态度，方可容易地克制对丰收神父母的厌恶感。他们的滔滔不绝的说话欲只能使这块地方徒增语言垃圾，有朝一日，他们说过的话将充满在大气之中，直至我们的唇边，使我们无法启齿。倘若不能有效地控制丰收神父母这一类说话狂，总有一天，人类的交往要依靠细致而准确地吞吃字眼、短语、长句来维持了。在这幢房子里没有沉默。但四周静得可怕。我很想找一个人聊聊，即使是跟一个死去的人说几句不相干的废话。

你可以到剪纸院落去。

我现在开始回忆。我将排除时间的因素，就是说将彗星的漫游和星宿的静止现象从我们的印象中剔除出去。

我在橙子林中迷失了方向。

一个有着一张修女般脸孔的少妇坐在树下吃橙子。她嘴里不断发出的咀嚼声，听起来像是在啃纸板。在她的身边公猫和母狗偎依着沉溺在缺乏宗教倾向的幸福之中。

你在寻找剪纸院落吗？

是的，但请你告诉我，你是怎么知道我要往剪纸院落去的呢？我惊异于她美妙的嗓音。

从你脸上的神情可以看得出。所有到剪纸院落来的人都呈现出相同的迷惘。

难道这里就是剪纸院落？在我的想象中剪纸院落即使不是神圣的，至少也不至于平庸到和别的橙子林毫无二致。

那少妇点点头，继续嚼她的硬纸板。不同的只是比起先前更加起劲，那声音近乎一个男人在夜间磨牙。她身旁安于与异族异性杂处的动物的脸上浮现出如梦的甘甜与和谐来。

她似乎看出了我为在进化的行列里落伍于人类的低能动物

所吸引。她起身朝我走来，脸上那纯洁的笑意令我神魂颠倒。我期待着从她的嘴里吐出些涉及高级动物情感的话题来。我并非兀自作此妄想，是她的神态指引着我的向往。

你是个了不起的小伙子，你如此热爱动物，真是令我感动。我的祖上是干狩猎这一行的，后来，他们和他们捕杀的对象结下了深厚的感情，那真是一些富于情感的动物，它们中间的一部分具有高贵的气质，它们在与我们祖先的交往中表现了良好的教养，我的祖先就是在它们的帮助下逐渐脱离了那野蛮的生活，告别了原始森林，跋山涉水来到这块丰饶之地的。他们告别时的场面感人至深，有一千匹雄性斑马为他们舞蹈。其中有一匹领舞的斑马在表演一组模拟交配的动作时，为四匹跳群舞的小斑马踢碎了生殖器。鲜血和精液混合着喷射出来，那场面真是壮观，我这一生始终沉浸在那样一种狂热的向往中。我养了二十七条母狗，一百十三只母鸡，四十六条母狼，还有少量的雄性动物，这跟我崇拜它们有关。

我怀疑在这番话的背后隐藏着某种哲学上的偏见，但是，这样一个像疯子一样具有魅力的家族是不会因为哲学史上的某次大论战而败落到今天这种耽于口舌之乐的地步的。

你生活在一个直觉高于思辨的家族里。我装扮出我有非凡的归纳力。

我们热爱梦想就如我们热爱光荣。她说这话时，两眼流露出悲戚的目光来。

此刻，透过茂密的橙子林，可以看见远方天际的云霞，她从怀中取出一本白色封皮的小册子。她的眼眶里漾起了忧郁的泪水，她的胸脯山峦般地起伏着。

我负有使命，将这本书交给你。你务必熟记它的每一个字，直至你的内心深处。好吧，现在你随从我吧。今年的反陈述节，就由你和我来共度。

在夕阳的余晖中我们相随而行。我手中的这本记载伟人们的日常生活的小书，是一本连环画。书名叫作《审慎入门》。它的每一页都充满了谵语似的独白。它由十三位不同时代，不同种族，不同性别的伟人的事迹片断所组成。我揣测，它的每一个字都来源于史前流行的咒语，它暗指我们这些行走着的活人全是应运而生。

在我们这里，所有的事物都诞生于一夜之间。我们生活在一个一开始就有文字记载的环境里。这就是在你们外人看来，我们生活得如此轻松的原因。我们没有想象的义务，我们思维中所有的形象都取决于未来。这又是我们的生活为创造的混乱所充斥的原因。这就是反陈述节的由来。我想，你选择这样一个具有历史意义的反历史的日子来造访剪纸院落是怀有阴谋的。当然，我丝毫也不怀疑我的妹妹有什么不清白的可为我们家族所指责之处。她交上你这么个丑陋的小伙子，不会是基于什么性的考虑。这一点，我可以断定。好了，接下来的散步必须在静谧中度过。你留神你的眼睛，你看见什么，就将是什么了。

《审慎入门》是参观剪纸院落的导游手册。这个院落的所有一切都与伟人们的所作所为有着对应关系。

在暮色中阅读这本书，无异于做一次内心故乡的漫游。从内心生活来看，伟人们的故乡就是我的故乡，只是当伟人们悄然离去之后，我无法辨认出他们而已。

在十三位伟人中间，有七位是女性。而其中有四位来自于尼姑庵。其余的各位不是翻山而来，便是涉水而至。甚至从这些记载他们光辉业绩的文字中都可以看出旅途的疲惫来。《审慎入门》的编撰者把他们最初的长途跋涉说成是精神上的求索，而非肉体的流放。致使我这样的读者无以领会超验的陌生感，只是沉溺于快意的体验之中。

我觉得我生来就是属于剪纸院落的。属于它美丽的无需耕种的土地（当然它寸草不生，橙子树是一种理论上的例外）。属于它众多的庙宇和同样众多的心不在焉的信仰者（我即是其中之一）。属于它平静而大量繁殖同时又迅速为时间之潮湮没的守林人。他们不分性别穿同样的衣服，怀里揣着同样的书。他们以同样神圣的方式向过路人掏出他们并不认为神圣的典籍。这个院落因此变成福址。

你能告诉我，你此刻正行走在何处吗？

她在我前面两米处突然转过身来。从她的目光来推测，这与其说是询问,还不如说是诱导。

我正走入审慎之门。

剪纸院落如纸一样单薄、脆弱,跟纸一样光滑、冰冷。那位来自落日故乡的伟人,一路上扶老携幼、风餐露宿,历尽了千辛万苦。他喝遍了三江四海之水,把五脏六腑呕了个干净。最终,才以他独有的规矩劲挤入了伟人行列。《审慎入门》里收入了他亲笔抄写的唯一一封情书。字迹端端正正,十分宜人。尽管这封情书文笔拘谨,仍可以从中略窥伟人的当年风采。这封措词怪异的情书详尽地介绍了从古至今的各种冷兵器,并且客观而雄心勃勃地对未来的冷兵器作了实有远见卓识的预测。正是在这封情书里,这位喝葫芦水长大的远祖的后裔,有史以来首次明确提出在不远的将来,在和平环境里兴建冷兵器纪念馆的设想。

他的热情没有白费,在这位孤家寡人于某个风清月朗之夜溘然长逝之后不久,他的精神上的一部分远亲,坐在一种竹制藤编、前后两人抬着行走的玩艺里匆匆赶到此地。凭着对这句话的创造性的理解,加之他们自己的特殊爱好,于一昼夜之间,盖成了冷兵器纪念堂。当时不知是由于疏忽还是有意篡改,纪念馆变成了纪念堂。就此堂馆之争成了历史遗留的悬案。

我为我手中的著作所指引来到冷兵器纪念堂。我惊讶地向她表示,没想到橙子林中竟有这等美妙的去处。

我这人有古癖。我打小就嗜铁器，尤其嗜熟铁，对从土里挖出来的铁器更是视若珠玑，奉若神明。你们女人不知，只有这些冷冰冰的东西，才能使我们男人热血沸腾。

你也算男人？你还是个孩子呢，孩子不能跟那些真正的男人混为一谈。你还是乖乖地跟着我四处看看吧。我看你是叫那股子潮湿、腐烂的味儿熏昏了头啦。

从前，我是能够自由出入我的冥想的。现在，我冥想的门户，全叫一些不伦不类的疯子扼守着。他们把我挡在我的冥想之外嘲弄我。你知道，有些人一旦离开了他的冥想就立刻化为乌有了。我深知我的处境险恶。

这个纪念堂为一张凉席隔为两个部分。正面叫作远征时期，反面叫作和平时期。由一些过分注重形式的文字作为它们的解释。远征时期遗留下来的冷兵器在今天看来非常威严。依我之见，用这些东西来演戏或者用于某种仪式要比用之冲着什么人和动物乱比划要合适得多。和平时期的冷兵器在风格上则迥然不同。它们制作得更为精致、锋利，适宜直接佩戴在肉体上，或者，捅到肉里面去。一看，就知道它们与鲜血啦、头颅啦、骨骸啦什么的有着密切的联系。

据《审慎入门》记载，和平时期也叫作雨季时期。因为它牵涉到两次象征性的远征，并且完全是为雨水所遏止的，要不是之那半岛每年有一半时间是为雨季所控制，《审慎入门》的篇幅很有可能是今天的一倍。

据说，之那半岛原本是一块四季如春的土地，那儿居住着的人个个如花似玉，连干粗活的男人也不例外。后来，有一部分上身发达，下身萎缩的人鉴于战事频繁、四处奔波实在倒胃口，便一致决定，将这个地方划为永久战场。同时，考虑到接连不断的大规模斗殴，肯定会使战场污秽不堪，便将一年中的一半时间划为雨季，以此，清扫战场，冲洗血污。

对于我们某些祖先的这一举动的含义，《审慎入门》的编撰者不置可否，只是含糊其词地说什么：金戈铁马啊啊啊。这种念书人的词藻让我这个武夫的后代大动肝火。

我想知道，写这本书的混账东西如今躲在哪儿？

你指的是我吗？我才不是什么混账东西呢，我描写的那些人才是混账东西呢。她并没有气恼的意思。

怎么，《审慎入门》是谁都可以编的吗？我为如此神圣的东西出自这个疯疯癫癫的女人之手大为不满。

不！这种事情适宜心灵手巧的女性来做，这是个细致活，既要有耐心，又得沉得住气，要是男人来做的话，那必须是个阉人。说完她做了一个含混的手势，似乎是宰割什么。

这一类对著书立说者的全新解释，真是闻所未闻。它使古往今来的一切文稿转瞬间全成了阉人的私语。以往，我们那些光辉灿烂的年代顿时黯然失色。我们必须在女人和阉人之间小心翼翼地寻找通向历史源头的坦途。

我躲避瘟疫似的逃离看来阴暗、想来苍白的烂铁堆，没入眼前的一片橙子林。远处，仿佛是天际尽头传来一阵悠扬的钟声。

这很美。我对《审慎入门》的编撰者说。令人想到战争之外的事情，比如，爱情和友谊，沉思或者奉献。

啊。你弄错了。这是澡堂子的钟声，是在招呼那些阵亡将士的灵魂去洗澡呢。

此刻，我确信，我已陷入迷宫。

在橙子林以往的历史中，死者们总是在反陈述节这天从天堂和地狱的各个角落赶到剪纸院落的池塘来洗凉水澡。于是，反陈述节就成了所有死者和生者会晤的节日。由于这一会晤是在澡堂子里进行的，所以，会晤双方都是裸体出现的。区别仅在于死者裸露的是灵魂，而生者裸露的是肉体。这一习俗沿袭至今，对我这样一个外来的、涉世未深的少年来说，反陈述节意味着暴露。总之，是一个性感的节日。

沐浴是在向往尼姑庵生活的未成年的少女所组成的合唱队的伴唱中进行的。她们自始至终以无伴奏的形式反复咏唱一首无词歌。这种圣咏般的倾诉寄托着无数时代天上人间的相互向往和相互影响，乃至相互模仿。

这萦绕在耳际的歌声渐渐地充溢于用作沐浴的这片金色的池塘，和钟声、晚霞、水汽以及生者和死者的呼吸混为一体在橙子林间飘荡，使生者感到飘飘欲仙，使死者重温尘世之乐。

尽管他们之间存在着无法逾越的奇异的间隔，但他们以持久的袒露赢得了彼此之间的宽容。

同样奇异的是，在每次反陈述节之后的相当一段时间里，裸露这一方式被保存着。这个家族的全体成员世代相袭，于今全都染上了裸癖。他们以生者的方式暴露肉体，以死者的方式袒露灵魂，使橙子林沉浸在毫无遮掩的狂热之中。在此之间我倒成了唯一真正的隐秘所在。

你是一个窥视者。我的女友——丰收神，以我刚才详细论述过的方式出现在我的面前。她的脸上带着谜一样的微笑。

在我们家的这些日子，你过得愉快吗？

这些日子，你这是什么意思？难道我不是在今天晚间赶到此地，而是在一个世纪之前的某个傍晚。

哎呀！你真是老糊涂了，一个中年人，怎么还可以像一个少年那样跟人拌嘴呢？

等等，你说清楚，我是中年人？我什么时候成了中年人的？

我内心极为恐惧，尽管我的肉体是以空间的方式存在着的，但我对时间的流逝还是充满敬畏。

好啦，只要我还爱着你，我们是否还像从前那样年轻又有什么关系呢。

没关系？明天早上我还要赶去会考呢。你知道什么叫作会考么，从前那叫作考状元。

已经太晚了。

她安慰我道，剪纸院落在夜晚是封闭的。也就是说，逝去的岁月在夜晚是封闭的。否则，你将走出历史之外。现在跟我来吧，我给你安排一个睡觉的地方。要知道，在历史里睡一夜是很舒服的，这不比在母亲的子宫里睡一夜差。这一点不假。

我随手将《审慎入门》弃入路经的杂草丛，满怀对新的良知的期待扬长而去。

我们穿过一片有晨晖的北方旷野，丝毫没有感到寒冷。一个渔夫打扮的中年人坐在田埂上吹笛子。他表情忧伤，但吹奏的乐曲倒是让人感到无比快乐。我上前和他攀谈，他满不在乎地告诉我，他是个木匠，纯粹是一个偶尔的机会，被大街上一位自称是幻术大师的人拉到此地，幻术大师一再告诫他：从前是什么，现在做什么，这中间没什么必然的联系，关键在于体验。说完继续吹他的笛子。

我和丰收神继续前行。忽然，她指着不远处的一栋小木屋对我说：看见没有，穿过这片牧场，你今晚住宿的地方就到了。你自己去吧。

丰收神很有可能是一位向导，领我在偌大的假想世界中漫游。我所耳闻目睹的一切极有可能全是布景和效果。我得找人问个明白。我不能永远置身于这种杜撰的真实之中。

你就是我姐姐的情人，是不是？

一个精瘦的小男孩倚在小木屋的门上，他手中正捏着一团褐色的泥巴。他手指修长，简直不是一双孩子的手。我惊异于他的手艺，不一会儿功夫，他就捏出一只狗来。

杂种狗。你看得出吗？他头也不抬地问我：你想进屋吗？

不！我想看你的手艺。我想，他是我在这个家族见到的唯一可亲可近的人。在这个意义上，他倒有可能是这个家族里的杂种。

我的手艺只传儿子，外人是不可以看的。这哪里是一个孩子在说话。

你以此为生吗？我岔开话题，我得制服这个孩子。

这门手艺靠我得以传世。我只消看一眼，就知道你是个势利小人，你以为我姐姐会嫁给你这样的人吗？她是在逗你玩呢，这就叫玩弄。你懂吗？

说话间他又捏成一只狐狸，随后便捧起它们走了。

我目送他消失在橙子林间，然后进屋躺下。此刻，我疲惫不堪，又困又饿。不多一会儿，我就睡着了。这个家族所给的一切冷遇全都扔给了这个醒着的家族，扔给了这些精力充沛的疯子。

但出乎我的意料之外，丰收神推门走了进来。她如出席反陈述节般来到我的床边，在我的面前俯下身来。我闻到了她皮肤的气味。我几乎可以说,我闻到了橙子林的气味。我原本打算对这样一个家族做一次意念上的清算,在我的想象中将他们一个个打翻在地,往他们的身上、脸上吐唾沫、擤鼻涕,好好宣泄一番。现在我只能收回这一幼稚的打算,我并不是热衷于报复的人,我如此善良,我早就料到是能够打动他们的。他们至多是有些变态,这完全无关大局。他们这样的家族以延续体现了诞生、死亡和复活这一壮举,真是独辟蹊径,不可多得。

我向她伸出手去。她说,你想知道我的过去吗?我是指我个人的过去,也就是所谓的私生活。

你要知道,打听隐私是我的爱好,你快说吧。我已经迫不及待了。

今天看来,这似乎不是我的故事,它就像是一个传说世代留传,已经开始发生变化了。

我的祖先,你不反对我稍稍谈谈我的祖先吧。在我表示赞许之后,她凑近我继续说,我的祖先是些打鱼的人,他们惯于逆水而行,便得到一些鱼类之外的东西,诸如海马和水龙,他们将这些东西饲养起来,长年累月,越积越多,它们便开始死亡和腐烂。于是,土地开始肥沃,渔夫便开始耕耘,他们撒下一些海龟的卵,企望从土地长出海龟来。当然,他们大失所望,这导致了他们对土地和大海同样地失望,他们便开始流浪,但他们曾经以四海为家,于是,他们又为似曾相识而苦,又只好安营扎寨,过起游牧生活来。渐渐地,河水流到他们那儿,一艘火轮在黎明时分抵达他们的茅舍,从上面下来一些面容和善的人,他们自称是信使,我的祖先便留他们住宿,夜间,那些信使就着月光从信封中取出匕首将他们一一宰割。然后,装箱送走,我的祖先,由此消失。

我发现我自己时,我已成年。当时,我在一所外国人办的学校里念书,我念洋码也念洋字,比如,拉丁文。在今天听来,简直不可思议,我居然成绩优异。我在冥想中重复我未曾谋面的祖先的业绩,想象他们的痛苦和甘甜。很快我们中间一部分人拥到远方的一个岛上去做岛民,其余的或戎装出征,或艳装下海。总之,我们独自人生。

我先把自己嫁给一个老人,同时打算在此之后再嫁一个中年人和一个青年人,也就是你。这没有什么特殊理由,仅只是爱好而已。人人都有爱好,这无可非议。

我攒下许多钱,同时也积累了不少经验,但最重要的是,我发现我不会生孩子,这或许可以说我大概不会死亡。我陷入极度的沮丧之中,我开始整天想象死亡,搜集这方面的著作和研究资料,为自己勾画死亡的蓝图,设计死亡的各种方案以及实施这种种方案所需的一切准备。是的,死亡高于一切。但很快我就淡漠了,我觉得盯着死亡不放是幼稚的表现。于是,我重新开始学习生活,恢复我从前的一切能力。

夜晚的小木屋如此潮湿,天长日久,墙角已经长出许多无以名状的小花了,它们像童话中的植物一样能说会道,想来让人不寒而栗。一些无性繁殖的动物在草木间舒展身姿,一幅歌舞升平的景象。

他们这一家人最初前呼后拥地来到这个城市,在城墙外稍作停顿,对这个城市根本不加打量,便开始英勇地穿越它。一旦进入这个城市他们便转晕了头,一家人刚经过一座废弃的宫殿和一个才兴建的屠宰场就走散了。被这个可怜的城市溶化掉了。许多年以后,他们逢人便说,几乎是到处倾诉。也许,他们期待着这种倾诉可以像瘟疫一样四处传播,最终,通过瘟疫找到他们失散了的祖先抑或是他们祖先的后裔也行。但是,这个城市中走散了的人遍地皆是,他们早已成立了失散者协会。在协会的聚会上,人们有组织地痛哭流涕,互诉衷肠。随着活动的日益频繁,他们依恋起这种可爱的悲天悯人的聚会来,于是,从失散者的心中,升起一股对走散了的亲人的厌恶感来。一开始,这种厌恶是没有具体指向的,久而久之,这种莫名其妙的厌恶已不能满足他们的痛恨,他们便将厌恶投向协会中那些与他们亲人相近似的人来。相貌啦,脾气啦,口音啦,到后来甚至吃饭时咂嘴的声音啦,口吃的程度啦,趴着睡觉的习惯啦,全成了厌恶的缘由。就这样,在一个阳光灿烂的早晨,失散者协会解散了,人们以一种老练的失去可亲近的人的神态消失在集市中,码头上,大街小巷之中。他们深知,不久一种崭新的组织将应运而生，而他们将是这新协会的当然成员。果不然，他们在度过了漫长夏季中的短暂的一天之后，又在集市拐角处碰头会面了。

这个家族中的一位乐于体验再见这种情感的男子，是失散者中唯一没有加入协会的人。他刚慢慢悠悠地和家人走散便遇上了一场革命。这个城市每逢农历的初一和十五便要发生革命。革命的内容是相当广泛的，形式也是极为多样，搞革命的人经验丰富得有些可疑。

这位美男子碰上的这场革命是关于算卦的。据历史的记载，在这个城市里，算卦最先是以业余爱好的方式出现的。在城中居住的各民族人民在茶余饭后，三五成群，于街头巷尾展开自发的激烈的讨论。在那个时代，算卦是一项高尚的嗜好，这不仅因为算卦体现了大众对未来命运的深切关注，更为重要的这是人与超自然力量的平等对话。那个时代人们崇尚促膝谈心，许多罪恶因此避免，但同样多的罪恶也因此而诞生，物换星移，岁月流逝，男女老幼渐渐醒悟，算卦可以换饭谋生。于是，人们这一受人尊敬的余兴就蒙上了功利主义的色彩。更有甚者，还因为算卦在一辆行驶的电车上爆发过一场有争议的闪电式的战争。人们意识到，终于到了该清算算卦这一行为本身的时候了，如果任其发展下去，它必将毒化人类的心灵乃至日常生活，更为可怕的是它亵渎了人们对神秘事物的向往。

美男子在革命的大街上行走，他深感欣慰。并不是任何人都有机会一进城就遇上大革命的，更何况这是一场涉及人们理想的纯洁性的革命。大街两旁所有的商店大门洞开，店员们挥舞长短不一、大小各异的刷子干得正欢，他们起誓说是要在一天之内将城市粉刷一新。鉴于革命的领导者还没有最后决定到底要将城市刷成什么颜色，而店员又都早已按捺不住要使城市旧貌换新颜的决心，便依据各自的爱好将各种颜色先刷将起来。忽然传来消息，因为革命爆发得过于匆忙，一时找不到领导者。这一下店员们议论纷纷，他们认为领导者一时找不到倒也罢了，关键是要搞清楚粉刷和算卦有什么必然关系。店员们全是有头脑并且也肯动脑筋的人，他们并不满足于挥动几下刷子便了事。这样一来，一场关于算卦的革命演变成了一场关于先找到领导者再粉刷城市还是先自刷起来边干边等领导者自己出现的大论战。

美男子乘着市民沉溺于思辨热潮之中，走进了他路经的一家镜子商店。

玩镜子的男人。事后人们追忆他的时候这样说。他迈进镜子商店的店堂的头一分钟里，就意识到，他余下的日子将在对自己的注视中度过。像他这样的美貌，对于这个不断爆发革命的城市显然显得过于奢侈。街上的行人根本不会注意到他这盖世的容颜。流浪的人们总是美的，比这群挤在这个闹哄哄的城市里的店员要漂亮千百倍。而这些伶牙俐齿的店员根本无心过问他人的相貌，他们总是说，内心生活是第一位的。这句话是为革命的领导者所推荐的。至于这位热衷于推荐格言的领导者谁也没有见过。关于他有许多流言。但能说会道的人们并不看重这些流言，他们有绝对的把握来修正、润饰、篡改、发挥以至全盘否定而另起炉灶散布更出色的流言。流言是这个城市的一种标志。日报上辟有流言版，招聘录用要测验撰写和传播流言的技能。流言是公立学校的必修课，人们娶亲时总要打听：此人流言怎样。

美男子最终没有找到他的家人，他有了镜子，他找到了自己。据传说，他死时美丽异常，但他脖子以下已全部瘫痪。人们猜测，是因为他用毕生的精力注意自己的脸，把其余的部分赔了个干净。他的遗容人们争相瞻仰，许多少女少妇当场晕倒，醒来后便就地翻滚。她们在心中暗暗地推举他为丈夫的偶像。就连他生前下肢毫无知觉也全然不顾。从人们搜集到的，仅存的关于美男子的资料中得知，美男子在世时每天单单洗脸要花费十二小时，照镜子十一小时，这还不包括边洗脸边照镜子的时间。他每天仅用一个小时来处理诸如大便小解，吃饭喝汤之类的琐事。人们奇怪的是，找不到任何关于美男子睡觉的记载，人们甚至断定美男子是不用睡觉的。这种观点盛行了相当长的一段时期。其间，经历了两次革命（一次是关于行车是靠左还是靠右，另一次是关于冬天是否一定洗澡）也没有衰落，只是经过很久很久，人们才小心翼翼地猜想，他可能是边照镜子边睡觉的。

美男子对镜子有特殊的秘不示人的研究。他并非如别人揣度的是拥有世界上最大一面镜子的人，他用极薄的铜片打磨以后，制成鸡心形状，用一根麻绳吊在前胸。

你看，就是这一枚。

这是一块烂铁皮吗，我大不以为然。

丰收神陷入对往事的追忆之中。美男子是她的兄弟，到底是哥哥还是弟弟她搞不清。他平日讲话就像朗诵一般，他是一个理想主义者，他是她们家族中最需要照顾的一个人。就因为他不加入任何协会，致使他失去了与家人团聚的可能。

为了找他，我参加了五百个协会。丰收神伤心地说。他们在他从不光顾的地方找他。在他死之前，我们为什么没有一个人想到镜子呢，据算卦的人说我们家族中只要有一个人哪怕是照一次镜子就会看到他。但那时正对算卦者进行革命呢，我们怎么会听信这种人的劝告呢。这也许是说人们还是有希望通过面容找到自己的亲人的。这太荒唐了。偏偏发生在一个注视灵魂的时期。丰收神至今想起这件事还忿忿不平。

我仔细地端详这枚被称做镜子的烂铁皮，妄想用它来照一照我，好以此使自己漂亮哪怕是一丁点也好。我犯了一个致命的错误，我终于得以清楚地看见我已走入了这个疯狂的家族。

美男子生前就没有留下什么话吗？在一个下雨的下午，我在躲雨的房檐下诚恳地向丰收神提出这一问题。她大为惊讶。

你怎么知道他会留下话呢？

那也就是说这位悲壮地故去的前美男子的所作所为与我的愿望相符。那他究竟说了什么呢？

丰收神像宣读祷文似的张开她的小嘴：我需要爱我的人离我远远的。

这是不是说相爱者彼此是孤独的？是不是说爱的甘醇只有在一定的距离里才体味尤深？是不是说背离也是爱的一种形式？斯人已逝，美男子是否带走了所有关于爱的答案？

我的兄弟曾经是位出色的骑手。他纵马驰骋确实有帝王之风。他如今依然在我的梦中款款而行。令人痛心的是进城后他曾随一些洋人圈地跑马。他从前总是独自奔波，苍穹大地无声地陪伴他。你想象一大群贼眉鼠眼的看客挤在条凳上狂呼乱吼，叫人怎么消受得了。

在某些特殊的日子里，女人的唠叨自有特殊的魅力。恰似鼓书艺人口中的故事，令人百听不厌。其实我们并非在听取他人口中的故事，只是随着故事想自己的心事而已。

美男子显然算不上他们家族中最优秀的代表，充其量不过是个犯有幼稚过失的小小的叛逆。最为出类拔萃的要数丰收神的表兄。俗话说：一表三千里。这个家族藏污纳垢的本领由此可略见一斑。这位表兄长相平平，无丝毫惊人之处，但是位闭门思过的楷模。尽管他从不出门，未见过有何过失，但据这个家族的古训：没有过失便是最大的过失，他便是罪孽深重。此人一生未曾婚娶，备受伦常的煎熬，但他对床笫之乐云雨之事有非常深厚的理论素养和批判能力。尤为可贵的是，他乐于向人吐露衷肠。

我最大的愿望就是当一个廉洁的掘墓人。

我们至今仍可看到这位苦行僧端坐在窗前静观院内家禽们的日常生活的身影。

你们应该对此有所了解。在革命时期干掘墓这行是能发财的。每一个掘墓人都有自己的领地。外人是不得随意进出的。掘墓人中大多数从前是手工艺者。雕梁画栋，琢瓷刻瓦的行当给他们的掘墓提供了良好的训练。我早已想好了，我先要选好一块风水宝地，然后就在这块土地上种植奇花异草，等到略具规模，我就开一家花店，我会买卖公道，和蔼待人，以此招徕游人。紧接着就将它发展成一个小型但非常完备的鲜花的集市。经过一个漫长的萧条时期，来到这里种花、卖花、买花的各色人等相继辞世而去。我就将此地用雕花的栅栏围起来，留下仅供我一人出入的一扇小木门。这时候，我就正式向世人宣称：这是我的墓地。啊，你要知道，这时我就开始施展我掘墓的才华了。这是一个多么广阔的天地呀，这是一个宝藏，待我把它发掘完了。我还将把它改造为一座广场。我就叫它睡意广场。经过如此漫长的一段岁月，我是多么劳累啊，我就在这个广场里睡觉，这真是太奇妙、太令人陶醉了。

不过，这种事情一旦做起来，那可就太麻烦了。想到这一点，我就放弃了这一打算，我已把这件事的前前后后想了个透，所以不干也没什么可惜的。只是那真是一块风水宝地呀，倘若你有意从事这一行当，我可以把这块宝地让给你。你不要为难，我可是真想把它送人呢。就送给你吧，你一定要收下它，在我看来你天生就是个掘墓人。你就不要再推辞了。

那么，你所描述的如此动人的地方在哪儿呢？

我不想当什么掘墓人，不过，既然到这个家族来一趟，亲眼目睹那块自封的宝地也是应该的。

你能领我去观赏一下吗？

它在我生前的想象里。

这可真是太遗憾了。那么你生前还有什么理想呢？

怎么，这样一个理想对一个人来说还不够么？难道一个人应该有一个以上的理想么？

这个家族的先人古时与山林为伴，染就凄苦之风，面如土色，心如溪水。天气晴朗他们便走马观花，梅雨时节他们便偷香窃玉。族中人个个身染百疾，经年累月翻查医案，千百年来尝遍世间草本。冬来依山而卧，夏临傍水而坐。他们以山石为墨，以松枝为笔，饱蘸深谷涧流，挥洒旷野青天。走笔随心意，留字为医证。到头来这块不毛之地为山岚嶂气所充盈，路人闻之便得不治之症。

时光流转。他们在山里待腻了,便在山林间遗下一些奇谲多变的故事,径自寻找新生活去了。他们路上的情形无人知晓,大约早已随道旁的野草腐烂消失湮没于泥土之中了。

有一首民谣讲述的是关于一个舞蹈者的故事。

现在由我从一种无所不知的叙述者角度来讲丰收神家族的最后一个故事。

很久以来,人们已经看不到舞蹈者了。人们几乎忘记了舞蹈的含义。这个家庭的成员已经习惯于把舞蹈当作一种巫术来理解。从前,这块土地寸草不生,橙子林只是人们的理想和奢望。一望无际的平原是天然的舞蹈场所,只是因为有一种传说,说是舞蹈是一种高山病,只有山民才跳舞。于是,人们暗自认定舞蹈是疾病的表现,平原人跳舞是对病态的模仿。而在平原,模仿是列入禁忌的。

平原人是有节制的,他们克服了这种为习俗禁止的乱蹦乱跳,把省下来的力气用作谈话和散步。这便是后世闲扯淡和闲逛悠的由来。少数渴望舞蹈的人走入高原,他们天真地幻想搞个折衷,这使他们爱上了骑马和牧羊,这便是后世流浪和驱赶的由来。极少数进入崇山峻岭的人学会舞蹈之后便将余生的全部精力花在跳舞上,他们全在手舞足蹈中死去。这个消息经高原传到平原,节制便成了人们的戒律。舞蹈从此成了一种遥远的传说，它总是和死亡和恐怖联系在一起，因为舞蹈抽象而没有明确的含义，直到有一天，他们这个家族的一个姑娘的诞生改变了这一切。

这布满每一个角落的橙子树，是为了纪念这位姑娘而种植的。这姑娘是这个家族中的唯一舞蹈者。她是平原上过着悠闲生活的人们的唯一例外。遗憾的是，她是个聋哑人。这是她被准许跳舞的原因。她的舞蹈是一种语汇。她不分春夏秋冬舞蹈着与人交往，向认识的和不认识的，可亲近的和可厌恶的人传达她的情感与感受，渴望得到他人的一掬同情之泪。她就如一颗神秘而忠实的星辰，在遥远而固定的轨迹上向人们闪烁她明亮而忧伤的眼睛。但是，这样一种诗意而痛苦的生活过早地结束了。她被她所在的家族纳入了一次宏伟的但最终以失败而告终的远征计划。这个历史悠久但没有族徽的家族认为在出征队伍的前列应当安排一名旗帜式的人物。否则他们在众人眼里无异于一群乌合之众。因这一异想天开的壮举而生发的使命便落到了聋哑人身上。她必须在行列的最前方，舞蹈着直至抵达此行的目的地。她没有被告知行程究竟有多远。这倒不是家族内部认为她知道这一点有什么不妥，这纯粹是因为他们认为必须在远征的途中逐渐确定被征服的对象。

他们以流浪的方式四处漂泊，他们日夜期待有谁自动出现好让他们这支雄伟的大军前去收服。他们不断地派人向家乡送去信札，函告他们的艰辛和勇敢。让家乡的亲人或仇人坐等他们的坏消息或好消息。

终于,在一个风雨交加的早晨,这支大军中的最后一位勇士为自己拟就了一份给家乡的战报,对自己千叮咛万嘱咐了一番,便返转身来,打道回府了。

他们轻而易举地失去了他们的族徽。舞蹈者舞蹈着在家族的思念中消逝了。

等到人们为时间稍稍平复了他们最初的冲动,冷静到了对历史事件能够作判断、下定义的时候,他们便编辑出版了一本书信集:《流浪的人们》,用以追悼和检讨家族历史上的这次声势浩大而又莫名其妙的远足。细心而有闲的人只是在书信集的后记里读到编撰者笼统而模糊地提到一位女性,在远征队伍的前列一路舞蹈,而后越走越远乃至不知去向。让人感到这个舞蹈者似乎是中途退场的,她并未坚持到这次了不起的行动的最末一刻。

倘若我们暂时离开一下这个精力充沛、历来东征西讨的家族,我们有可能在外部世界——也就是距离橙子林不远的港口城市读到另外一部回忆录《流浪的舞蹈者》。这部回忆录的作者是一位美丽聪慧的中年妇女,两个孩子的母亲,一位考古学家的妻子。她本人是烹饪学专家。目前正主持《吃与吃法与吃什么》这一课题的研究工作。

《流浪的舞蹈者》叙述的是一个至今保留着诸多古老习俗

的原始部落的故事。这个部落叫闪闪族。

闪闪人除了维持生存的基本需要而外，所从事的主要活动便是舞蹈。闪闪人在他们赖以生存的小岛上舞蹈着四处游荡，使每一天都像在过节一般，闪闪族的妇女甚至是舞蹈着生下她们的后代，这是叙述者目睹的。

闪闪人的祖先是为古希伯来先知所遗弃的后裔的旁支。尽管岁月早已过去千百年，但闪闪人对此事依然耿耿于怀。闪闪人普遍认为他们被遗弃是不公正的，倒是让闪闪人来遗弃希伯来先知那还差不多。《流浪的舞蹈者》总结说，被遗弃的人天生具有一种遗弃的欲望。闪闪人将他人、它物乃至闪闪人自己都列入该遗弃之列。闪闪人以一种渴望遗弃的方式至今被遗弃在一座孤岛上，过着食不果腹的艺术生活，在形而上的玄想中消磨时日。

《流浪的舞蹈者》既非学术著作，又非畅销小说。它印行的一百册全部躺在公立图书馆的书库里，很少有人问津。

该书的作者，我们刚才提到的那位风韵犹存的女性也早已把它忘了，只是在一个桃花盛开的季节里，一位刚刚考进大学的小伙子，偶然在阅览室里翻了翻它，他感到这部书的名字对他来说具有异乎寻常的魅力。于是，他使了一个小手腕，将这本书带出了图书馆，当作爱情的信物寄给了远方的情人。这部蕴含着连原作者自己也未必意识到惊心动魄的内涵的人类学著作，如此结束了它的使命。除非它耐心等待另一位有特殊嗜好的情人为他的女友挑选此书。

有一些事物必须以封闭的形式呈现，有一些话必须以夸张的方式说出，有一种生活是滑稽剧的幕间休息，它没有玩笑和幽默，是因为人们笑累了。一个家族不会因为我的介入或叙述而消亡，所谓最后也只是就我个人而言。时光倒流，也许我会凭栏而坐，而现在我倚在窗前，看着田野里风起草落，鸟走云飞。在这午后，我期待着与陌生的来客会晤直至夕阳西垂，晚餐前的时光需要以消磨的方式度过，有人将人世的空虚化入这一时辰，好使入夜后的睡眠不为噩梦骚扰。

这张宽大的餐桌旁只我一个人，这个家族的其余成员到时便会鱼贯而入。我打开手中的一本菜谱，想象在远方小心打开我的未来的岁月，我能看见的就是在这张餐桌旁的饕餮之徒，我加入他们的行列，迷恋于口腹之乐，装扮出眉飞色舞的模样，终于沦为一名酒囊饭袋。我因饱食暴饮而泪流满面，竟不知这是一桌幽灵的筵席。

我已入知命之年，赴宴早已不再具有社交的意味。更何况与幽灵打交道是无任何经验可依的。我正左右为难，丰收神飘然而至。于是，我们相携而行，内心充满了温暖的感情。

平静的湖面上荡着一只小船。划小船的大概应当唤做舟子。这很美。我和丰收神在沿湖公路旁的斜坡上坐了下来。阳光很好，当你和情人在一块，无须对场景多加描述，你甚至可以不必注意。事后倘若需要，你会惊异于你对环境的敏感。反之，风景是一堆废物。

公路上有两个郊游的年轻人骑车驶过。一切复归平静。我们在一起感受休息的安谧，我们被下午的阳光照耀着像阳光照耀我们一样自然。唯一可能存在的不自然是将来回忆时的追述。而避免的方法是不回忆。

湖边是一些被践踏过的芦苇。它们是不是在等待风来摇曳它们，我不得而知。也许某一天一位画画的人会来描绘这一切。那我就等着看画吧，我们想象中的回忆在别人可能画的图画里，情感在我们审视这一景物时已离我们远去。在户外，我们和他人一同呼吸和感受。

如果我们现在接吻已经不是什么私情。周围阒无人迹。人们对这种事情已经不感兴趣。在高度嘈杂的历史的间隙里可以享受到最充分的休息。

我和丰收神并排躺着。我想我们一同看着那舟子。那小船一动不动，几乎静止。那舟子似乎是在垂钓，或者冥想，或者休息（和我们一样），或者有意等在那儿让我们看他。

公路上有两个郊游的年轻人骑车驶过。一切复归平静，那两个人在斜坡上躺下。那个男的用手遮阳，他们在朝我这边看，他们好像在休息。他们好像喜欢安静，他们一定在想，那是一个舟子。但是他在湖心干吗？太远了看不清。我想要是把我对丰收神家族的拜访从丰收神的角度写下来又会怎样。我奢想，有一些基本的东西不变，比如家族中的人物啦、场景啦，等等。变换的是一个角度。

太阳略微西斜。舟子站起身来。我依然躺着。对舟子来说，站起来的也是舟子（他自己），躺着的是斜坡上的我。

丰收神不吱声。她吱不了声。这不是他们家族的历史，这是我的臆想。这也是我在困境中的逃避和休息。在历史中我只有一种角度。

我们走在空寂的街道上，鹅卵石路面湿漉漉的，迎面吹来的风也是潮湿的。

你要小心，在这样的道路中间行走，是会遇见你的仇人的。

丰收神打着手势加强她的语气，她的手势是从她的那位又聋又哑的一刻不停地舞蹈着的祖先那儿继承下来的。

如果真是这样，那么我首先遇见的将是我自己。我蛮有把握地说。

那么你打算决斗吗？她的目光中含带嘲讽的意思。

我们将相互披露心迹。我确实乐于跟人攀谈，无论在什么样的境遇中都可以做到。我有一些信件和照片要交给他，如果他把我杀了，那么，这些东西他将代我保存。

你提到了你的信件和照片，看来你是在谈论抽象的死亡。你的生命靠文字得以延续，像你这样是体会不到真正的诞生、死亡和复活的，你的细脖子上长着一颗玄而又玄的脑袋，你不会有仇人的。

我曾经在我虚构的决斗中被我虚构的仇人杀死过一回，不过那是以前的事，但虚构的时间倒是未来，严格计算起来，也就是再等一会儿。

你是说现在？或者说迫在眉睫？她问这话时，丝毫也没有露出惊讶感来。

我从前在公立学校念书，同窗中有男有女。这些信件和照片便是那时的留念。想到我临近了我虚构中的决斗，不由得对少年时代的耽于幻想追悔莫及。我希望他能好好保存这些东西。

决斗未必是你输，何况这还是虚构的。她像在安慰我。

那么，你们家族的历史难道不也是虚构的吗？

我们的悲惨之处正在于此。我们应该在一开始就懂得虚构我们家族的历史。

那不成了一个语言的世界了吗？

那么你将面临的也是语言的决斗喽？

这我拿不准。但是，我总觉得，我先谈论它，它会变得更加真实。

这是一个词藻的世界，而词藻不是用来描写想象的。想象有它自身的语言，我们只能暗示它和它周围事物的关系，我们甚至无法逼近它，想象中的事物抵御我们的词藻。

可是虚构不同，虚构可能是真实的，这是它的可怕之处。

虚构几乎是谋划，而想象仅只是憧憬。要说真实，想象倒可能是真实的，而虚构倒荒诞得可怕。

现在讨论这一切为时已晚。我已逼近我虚构的那一刻，路面依然潮湿，并且天空好像飘起了雨丝。

我们还是先去避雨吧，你也好就此机会修改你的虚构。至少你可以把决斗往后推迟，比如放到明天，我还想读一读你的书信呢。

我不能让丰收神接触我的书信和照片，我在这些书信和照片中虚构了我的过去和与我相关的一切。这些东西是秘而不宣的。

或者这样。她提醒我。你把我虚构进你的将要来到的决斗去，我来扮演你的仇人。

但是，你不是我呀，我希望看到我倒在我自己手下。

天哪，这正是我们家族的传统。

丰收神惊厥得几乎晕了过去。

你还记得我们从前要好的那些日子吗（我不能写相爱的那些日子）？我现在就像爱你那样热烈地爱上了另一位姑娘（我虚构了她的种种美德）。她的家人尽是些浑浑噩噩的窝囊废。在她们这儿做做梦倒是不坏。这不是一块忏悔的土地。这不能责怪她们，她们有病，平常她们总是柔情地歌唱那些死去的人物的事迹（我将要为这些人物杜撰新的事迹），我在这里学会了抽水烟，可能的话，你给我捎些烟草来（你别真的送来，我这是在哄你），我现在执迷于生活的程度与损坏生活的程度相等，我已经学会置生离死别于不顾（你看，我还是像从前那样爱吹牛），在这个地方我感到愚蠢是一桩乐事。一种从前我们讨论过的具有成年人的现实感的回忆在这儿一钱不值。天天都有一种迷失的感觉（我在逗你呢），我可能很快就要结婚了（你别在意，还没准儿呢），结婚给人一种完整的感觉，它不完全意味着到位。它只是把你的位置指给你看（只是你别真的一本正经地去看它），一个严谨而又缺乏幽默感又有同情心的人物的心智应该是健全的。也就是说应该是经受了磨练的（我可是受不了这种磨练），我眼看着自己一天天消瘦，四肢麻木，老眼昏花，我认为是到了用愚蠢来调和某种光泽的时候了（这该是一个恶时辰），我说起话来就像一个堕落的女人在朗诵一首表现无止境的追求的诗歌（我比以前可是粗俗多啦），温情对我来说显得如此突兀，温存对我来说变得无法耐受的冗长。我变得没有丝毫分寸感（我倒是在这儿学会斯斯文文地散步），我已经平庸到了呆头呆脑，笨手笨脚简直没有丝毫乐趣的地步，我开始拿腔拿调地说话（满脸堆着应景的笑容），我变成了流行的通俗音乐，美丽而短暂（我的比喻又烂又臭）。

每当上午，阳光流泻到我的窗棂上（我开始抒情），经常会有一对白鸽子在暖洋洋的光线中飞过，久而久之，这几乎凝成了什么人告别时的一幅图画（我们当初告别，可以用这来描写），不远处是一支悠扬而低回的笛曲，这支才华横溢的笛子（这支该死的笛子），我为它以如此令人神往的方式尾随他人的思绪而去，并在远处向他人的灵魂挥手感叹不已。这是一种神秘的生活（我在这里面爬不出来了），当我们的想象以一种休息的姿态飞翔时，我的全身为一种难以名状的幸福所充溢，我目睹我冥想时的姿态是如此优美，它化入窗外的阳光，化入阳光中的白鸽子，化入那种轻盈的滑翔，远离喧嚣，远离早已远去而又时时切近的罪恶和羞耻（这不是感伤，也不是富于感情，倒像是准备悼念什么人）。

好啦，就写到这里（反正你也收不到。因为我压根儿就没打算寄，写完我就满足了，寄不寄是极为次要的）。

可以与这封信对照着阅读的是一张四寸的黑白照片。照片里一位姑娘背对着镜头，她穿着夏装，她的裙子给人一种丝绸的质感，她的头发梳成一把绾在脑后。遗憾的是看不到她的眼睛。她趴在窗前，窗帘叫某个傍晚的微风吹拂着，窗外是一条宽阔的河流，我们可以看到船和一些飞翔着的什么东西（可以把它们假定为江鸥、鸽子，或者打食的鹰）。沿河是石砌的堤岸，一些人正在此重逢或者告别，另一些人在一旁冷眼相看。堤岸下是一个广场，几个下课了的中学生正在默不作声地穿越它。烦躁的是一个在广场边上踯躅的中年人。一辆汽车无声地从他身后驶过，进入对着广场的街道，街道两旁的商店已经打烊，商店楼上的窗口里开始飘出扑鼻的油香，过不了多一会儿，街灯就要照亮那些行道树了，树下偎依的情侣就要出现，那些形单影只的人的脚步就要放慢，行色匆匆的是不明身份的人和公务人员。晚场电影开场还有一会儿，戏迷都已在剧场入口处等候入场了。他们找到座位并不急于坐下，而是先打量一下四周，见了熟人便高声招呼或者轻轻扬一扬手，等到脚灯一亮他们便全被卷入黑暗之中。

他们将要看到的正是我接下来所要写的结尾。

这是众神的黄昏。在通往天堂的走廊里，小天使穿着五彩羽衣绕柱飞行。在辞书里，这是一个捷报飞传的时刻，而在千里之外的平原则是一个耕耘的季节，如果诗神飞临这一地区，那么有一种世俗生活将和神话结为一体。送葬的行列如果在此刻路经旷野，死者就会在天宇尽头找到自己的星座。流浪的人们将从此回家。人们终将发现，愿望之树已经开遍了故乡的原野。圈养的牲畜和放飞的理想在云泥之间颔首问候，古河道干枯之际，剪纸和绣花再度开始盛行，人们的衣着渐趋绮靡，交往时使用的语言日见雕琢，橙子林内的居民刻意追求完美的生活，他们为被写入典籍，编入教科书做好了一切准备。

我身后的小径已为橄榄枝和鸟粪所覆盖，我已经无法按原路折回，我把沿路收集的趣闻轶事戏谑地编成可供行吟的断章残卷。在平地上行走，我心中充满快慰。我在周末的傍晚去和橙子林的守夜人厮混，在林间吐露稚气的遐想，其余的日子，我便打起精神收拾我的房间，为互不理解的人安排会见的场所，夜深人静，我便挑选一些假想的人物供我自己怀念，而在睡梦中我又奔向一些似是而非、兴味索然的家伙。我用了大量的时间从事睡眠和梦游。草率打发我余下的时光。

这一天，丰收神来敲我的门。

我是来改造你的生活的！她装作与我素不相识。

我的生活任意改造。我也装作与她萍水相逢。

我们沿橙子林一路走来，似乎是在寻找什么东西。但是天气如此之好，使我们又并不急于要找到它。我刚到橙子林那会儿，总是急切地想见识一切，现在想来不免黯然。如今，我总是说去追忆吧，其实并不追忆。

我的祖先是一个武士，毕生为掠掳美女而奔波。在他的晚年，又为他众多的儿女而操劳。这样的人显然入不了正史，据此，他的后人便纷纷落草为寇，占山为王。直至我的父辈便成了个做首饰的工匠，由走南闯北而至安家乐业。其间着实花费了一点时间，倘若依我则宁愿用它下一盘象棋。方寸之间，楚河汉界，谋划上演一出出短小的戏剧。或者我可以去替人抄书，在书页开合翻动之间，亲历朝廷兴衰、世事变迁。要不我可以给人做伴读，在少年琅琅的读书声中，听闻官话野史，巨细无遗。但我最想干的，还是像我的祖先，走马看花，东游西逛。

我这样游手好闲，无所事事的人，误入迷途，为了一个丰收神跑进这橙子林中也是劫数。这正好验明了我的血液。

你这样低头沉思大可不必，一个人有心思应该讲出来，告诉他身边的人。丰收神劝告我。

我根本没想什么你的那种心思。我只是饿了，你要知道一个人饿了，那神态跟想心思是差不多的。

难道我是在说思想就是饥饿的一种吗？或者说进食就是思考的结果吗？那么，在我的余生就应当去不遗余力地搜集菜谱，它是我思想的唯一材料。

我把这想法告诉了丰收神。

你明显是饿昏了头，我们家族几千年来，关于吃流传下来无数的界说，如果等到搞清了这一切再行饮食，那我们早就饿死了。我们这个家族早就消失了。丰收神气愤得不行。

那么这就是准许饕餮的理由吗？我小心地追问。

我模糊地感到，这是吃的理论过分丰富的缘故。

那么如此过分地依赖我们的胃，我们是否会撑死？

不会！我们的胃是经受得住考验的，它已经为千百年来的历史所证明。

那么，我们其余的器官是否会因此退化？

这些次要的问题不必考虑过多，要是全像你这么瞻前顾后，我们不知要错过多少美食呢。

这么说，你们已经尝遍山珍海味了。

可悲的是，这可能是我们祖先的享受。如今，我们只是烹饪的理论比较发达。严格地说，我们只吃一种东西。

你是说，一种东西有多种吃法。

不！你没有领悟到我所说的实质，我是说一种东西同时就是一切东西。

在我听来，这似乎是一种离吃这样一种具体行为十分遥远的形而上的学问。

这正是我们家族多少年来，前赴后继追求的理想。

将一种食物化成一切食物？

不！将食物化成非食物。也就是说，我们最终的目的是超越吃这一行为本身。

我惊呆了。我不干！我大声叫唤起来。我这人享受惯了，别的不说，没有吃的那万万不行。况且我的胃口不是很大，我只需要少量的食品。

闭上你的嘴！丰收神以一种非人的声音盖过我的呐喊。

吃是神圣的事业，任何人都必须虔诚地接近它，决不容许你这样大叫大嚷的。你有力气叫嚷，单凭这一点，就该饿上你十天，好让你在第九天的傍晚死去。

是抽象的死吗？我哀求道。

不！丰收神拂袖而去。

我神志有些紊乱，表情木讷，口齿不清，我被饥饿吓昏了头。一时间放弃了我所有的理想和观念。我在橙子林间到处乱窜，似乎想找到那恼怒的丰收神。

我突然意识到，我在橙子林中四处转悠，原来为的是寻找这架白色的梯子。它以寓言的方式竖立在近乎透明的蔚蓝的天空下。我感到一种非血缘的亲切和亲昵。

我初来之时，橙子林已经一片金黄，成熟的芬芳四处飘逸。如今，它依然成熟芳香，仿佛永不颓败。我迈步来到这架白色的梯子跟前，拾级而上，将我的脸凑近我神之所往的温馨。这片土地的确神奇，它从未承受雨水，却也从未见世代在此繁衍生息的家族祭神求水。这里的湖汊自成一体，未见贯通任何江河，却也千年不腐。它的四周枝叶扶疏，果实累累，以人间仙境的不朽传之久远。

在橙子树下虚度闲适时日的各色人等，各操一门手艺，精工细作，百般雕琢，以巧夺天工为人际圣事。余暇，他们又将家族内部的干系详加钻研，分门别类又互为牵扯，使近处者相互埋怨，使远离者相互挂念，而一旦迁徙或重返故里又平添一分转瞬即逝的惆怅和喜悦。他们如此生发出一种文化来，当哭不哭，该乐不乐。大悲时强喜，极乐时号啕。以苦乐互济，乃至生死不辨。芸芸众生纷入化境，一任喜怒哀乐自生自灭。他们至多只是在一旁或隔岸观火，或做详点。观火者文饰玩火者勾当，详点者钩沉玩火及观者趣闻。有更高手者，便加入评点者自身之感慨醒悟之类。他们人人具备明澈的睿智，个个满腹经纶。必要时只须口中念念有词便逢凶化吉，万事如意。多少年来，他们遇水而绕行，于是两岸如荫；他们遇山而迂回，于是四周鸡犬衍生。他们以水为酒，对酒当歌；他们以草为席，盘腿围坐。阴霾时节，他们怀念阳光；明媚季节，他们追悼晦暗。他们架小桥以渡流水，驭瘦马厕于古道，剪纸院落，西风人家，秉烛者昼夜无梦。

我的手指轻轻触摸那些金黄的橙子，它们便奇迹般地纷纷坠落。

丰收神老妪般地弯下腰去，一一将它们拾入篮内，她两鬓花白却依然面色如玉，只是为岁月修饰得愈加浑成。

你下来吧，你不该在高处待得太久，那样，一旦你下来，你会感到脚下的大地不够真实，那会影响你的胃口，来吧，下来，我们就在这橙子树下吃这些橙子。

橙子可以当饭吃吗？这类开胃的东西不是越吃越饿吗？

你非得把它当橙子吃吗？你可以把它当作梨、当作苹果、当作鱼、当作肉、当作稻米、当作小麦，一切一切。

难道丰收神想把整个世界都吃到肚子里去？

我忽然想到数个世纪前北方一位圣人的遗训。

食无言。

信使之函

> 当然，他不过是一个信使，而且不知道他所传递的信件的内容，但是他的眼色、笑容以及举止似乎都透露着一种消息，尽管他可能对此一无所知。
>
> ——卡夫卡

诗人在狭长的地带说道，在那里，一枚针用净水缝着时间……

那是候鸟的天空。它们已经在信使忧郁的视野里盘旋了若干世纪了。它们的飞翔令信使的眼球酸痛。这些冬季的街道因此在信使的想象中悠久地如此神秘而又神圣。世俗的无限世纪在信使路经它们的时候已经成为可能。

信风携带修女般的恼怒叹息着掠过这候鸟的天宇，信使的旅程平静了，沉睡着的是信使的记忆。我的爱欲在信使们的情感的慢跑中陡然苏醒。和信使交谈的是一个黑与白的世界，五彩的愉悦是后来岁月的事情。

信使是和那个叫作上帝的在同一个平凡的早晨一块醒来的。在上帝做健身操第五节"感官的倒立"时，信使赤裸的双脚蹚过处女之泉往尘封之海走去。

我们知道有一个看到这一悬置景象的人，他还会看到从信使怀中羽翼般飘落的信函。没有人会收拾这一切，因为拾遗者尚在梦寐之中，而上帝的早操已经做到了第六节"肢体的呆照"。

信使在无须吟诵的时候降至这个难于吟诵的丰沛之地，信使必须穿过时代的郊区才能步入唾面自干的城市。

上帝的听力有点儿问题。在上小学的时候，因为调皮捣蛋，叫一个教汉语的老处女一巴掌磬成了个半残废。信使要去的这个地方叫耳语城，对上帝来说，它是不存在的。

耳语城的人民生活在甜美的时光的片断里。在时光的大街上，男女老幼摇摇晃晃地行走如蚁，他们热切的嘴唇以一种充满期待的姿态微张着，那迷惘的神态似乎是一种劝喻，又像是在暗示他们正穿行在自我迷恋的梦幻中。他们的恒定的历史以轮廓般的简练扫过他们火焰般抑或茅草般的头发，轻易地洞穿他们的躯壳，时时骚扰他们的灵魂。他们凄恻的目光在黯然无语中凝视信使梦游般的浮想。

信是纯朴情怀的伤感的流亡。

我几乎以为信使来自一本虚拟的著作,一个假设的城邦。信使走近这些逐渐远去的行人和雨景,走近这倚窗侧入温暖房间的冬日北风,走近光线中梦语般慵懒的粉尘。

耳语城人民在傍晚的余光中轻轻挥动他们健康的手臂,信使立刻就看出,这是一次季节的综合,是一次感受的速写,是一次性爱的造句作业。

信是私下里对典籍的公开模仿。

信使反复倾听环境的唱语,信使惊恐地在内心获得一种血腥的节奏一种龟裂的韵律。通过它们,我得以维持内在的故乡感和对弃我而去的幼稚经历的眷恋以及对街景的审美意义上的迷信。

信是自我扮演的陌生人的一次陌生的外化旅行。

夜晚的大街上是众多的引人遐想的窗前的道别,同样众多的故事将不再被聆听。信会飘逝,它和骊歌一样没有颜色而又任人赋予。

信是一次遥远而飘逸的触动。

而它必将在无可挽回的阅读之后化为一堆纸屑。

夕阳已无处可寻,夜晚的水声已清晰可闻,我若还不打听一下这仅有的一夜的住所,我就不再是一个坦率的信使。

信使罗列了一下可能:在旋律中(在音乐中),在什么乐器吹奏之后的温热的吻印中（在某种操作之中），在谁叹息之后的空气悸动之中（在对感伤的思索中），在谁分辨音响的耳膜的最后一刹那期待中（在理性的犹豫不决中），在人工音响的走失之中（在对自然的溶化中），在自然空间背后的深情之中（在对超验的趋向之中），在血液的浅浮雕前冥想般掠过的装饰性的姿态之中（在对人脑这一器官的深刻怀疑之中），在行走的困惑和漫步的悠闲之中（在对日常生活的证伪之中），在对日出般升起的请求之中（在对命运的请求之中），在白对黑的驱逐之中（在理想之中），在强烈而独特地扭曲着自己也扭曲着时代的抽象线条之中（在不懈的追求之中），在空气和水和季节之中（在生命之中），在浸润泥土的腐烂和泥土散发的芬芳之中（在诱惑和对诱惑的抗拒之中），在书写之中，在寄发之中，在传递之中，在收讫之中，在拆阅之中（在信使之函中）。

信是一种状态。

而阅读是无所不在的。

信是一种犹犹豫豫的自我追逐，一种卑微而体面的自恋方式，是个人隐私的谨慎的变形和无意间的揭示。

在无可回避的睡眠中，《信使之函》是很久以前广为流传的一首歌曲。歌曲的坏脾气的作者也是一位信使，他在我恍恍惚惚的少年时代的某日，把我领到一条僻静的街道的一个肮脏的拐角，大大咧咧地冲我说，小孩，拿着它，这是我的礼物。他从我的睡眠中抽出一个皱巴巴的信封，举到我的眼前。这就是那首著名的歌曲，我当场就在梦中唱了起来。事后我才知道，那天晚上，他多喝了几杯。不久，这位有点儿诗人气质的贪杯好饮的信使在夏夜的纳凉中断了气。

风卷云消，白日来临。睡眠之后的宽阔情怀尚未在行走前完全苏醒，黑夜的传说在天亮以前刚刚走散，沿街的门就要打开，在晨曦中串门的人也就数信使了。悲凉的叙述已成过去，帐幔间一夜的喟叹无人知晓。

信也就是一声喘息罢了。

昼夜观星的人自溺于可怕的心脏的湖泊。信使交替的脚步是命运之潮的两次波澜。我疲惫的肌体是青春脉搏在腕处的逗留，信使沿时光行走。

信是焦虑时钟的一根指针。

在耳语城鲜为人知的历史里，有过一段令人不堪回首的积雪年代，那时的街道在每日曙光的映照下似乎包含了拯救寒冷于灿烂的莫名悲壮。

信是耳语城低垂的眼帘。

街道为另外的街道的阴影所笼罩，它们在浅灰色的肃静中悄然度日。在街角的冷风中抖腿的不是处在变声期的喉音浊重的小无赖，而是一位致意者。他告诉我，他本人曾经是一位航海家。

"信使生就一张梦游者的脸孔。你看看我，我是积雪时代唯一的遗迹了。"

我听不清他在嘀咕什么。"我站在街道旁，就像水手在甲板上。"

信是锚地不明的孤独航行。

"那时候，人们热衷于航海，人们需要盐和伤口来点燃赤贫的理想。"

信是心灵创伤的一次快意的复制。

"不论在历史里，还是在眼下，你是第一个向我致意的人。"

"不仅如此，我也是最后一个向你致意的人，因为我是耳语城唯一的致意者。"

信是两次节日间的漫长等待，信是悦耳哨声中换气般的休止，信是理智的一次象征性晕眩。

致意者是个来历不明的人。在耳语城，致意者必须是一位丰富词汇的占有者，同时必须是一位沉默寡言的木讷的智者。航海家早年传奇般的冒险生涯赋予他以广博的见识和孤僻的性格，这使他轻而易举地获得了致意者的资格。他向我回忆他的第一个夜晚：欺骗是我的最初感觉。

信是陈词滥调的一种永恒款式。

"从某种意义上看，你我是同一类人，信使在陆地上漫游，而航海家则在海上。我甚至认为，信使也是一个致意者。"

"那样，我们可以相互致意。"

"不，我们互相向对方致以敌意。"航海家微笑道。

信是隐语者的游戏棒。

"耳语城在夜晚有若干个美好的去处。"他见我无意向他打听，索性径直说来："公共澡堂是一，公共烟馆是二，公共酒店是三，公共钱庄是四，公共……"

"这是些招人惹眼的地方。"

"不啦，如今已很少有人光顾这些地方啦。"

信使想：信是夏季的攀援植物。信使又想，信也许是马戏表演的幕间音乐。

"热闹的地方让人备感孤独。"耳语城的居民，风姿翩翩，怎能容得了令人作呕的拥挤。

信是遁世者的轻微耳语。

"即使如此，我还是要上这些公共场所转悠一番。"我到耳语城来，是来送一封信的。

"我该不会是那个收信者吧，我已经有许多年没有收到任何信件了。我以前总是在海上给我自己写信，每次航行归来，我就阅读这些来自海上的信。自从我不再出海，我就不再享受到阅读的快乐了。"

"你如此凄凉，很使我难过。但这封信显然不是来自大海,它只是途经大海,来自另一块陆地。我想,它大概不是你的了。"

"是的,看来这封信一定是我之外的什么人的了。"

致意者之外的耳语城人大都生就一副骄傲的面孔,他们不分男女老幼均以大无畏的气概自豪地行走在脏里吧唧的大街上。

当信使在晨曦中匆忙赶到公共报栏前,刚好赶上一场公共斗殴。领头的人据说在用耳语向他周围的人说了些什么之后,在加之于肉体的拳脚尚处于酝酿阶段,便早已不知去向。一部分公众自觉投身到这一场公共斗殴中,而更多的公众则在周围自觉地围观。他们的热情溢于言表,只因耳语城人天生的素养决定了他们在如此壮观的公共活动面前表现得异常安静。

信是仇恨的哑语式的呈现。信是暴力的孤寂的符咒。

一点没错,据我打听得来,公共斗殴是近日来耳语城人的一大余兴。

信是沟壑对深渊的一次想望。

美好的天气保佑,但愿信别是一次空灵的呕吐。

正像历史上所有伟大的种族一样,耳语城人也有他们引为骄傲的不朽圣地。在城郊一处牧场的畜栏边沿,有一座古色古香的遗迹般的庭院。在一个终将被遗忘的下午,信使行走至此。

僧侣集市。最初，我是在那个满脸皱纹的致意者的口中，听到这一令人困惑的名字的。

远草更绿，近土弥香。山谷的胸脯沐浴在充足的光线中，山脉在逆光中暗含着危机般的凝固，大地则洋溢着青春的笑意。倘若有人从远处看来，我此刻就如一个低能的朝圣者，在郊外的沙土路上蹒跚而行。

是有一个人看见了信使。他幸福的面容在窗前出现。在信使不断的临近中，僧侣集市以一种悲怆的格局自成一体。我愿意设想我此行的终点在此之中，我奉命捎来的讯息的归宿将以畜栏边的接纳者的出现告一段落。

信是情人间的一次隔墙问候。

这个为信使虚设的收信者是一个文化僧侣，这是目前僧侣集市备受推崇的一类。他的祖先无从追溯，人们只是从他的闪烁其词中似乎感觉到他准备以毕生的精力撰写一部回忆录：《我的宫廷生活》。

在耳语城人悠久而又光怪陆离的以往岁月里，宫廷生活始终是各个阶层热烈议论的中心。有许多衣不遮体、食不果腹的江湖艺人，终其一生以一种纯洁的、非功利的态度谈论宫廷秘事，乐此不疲。他们在他人的屋檐下，以十二月的晚风和来年七月的正午的太阳作为他们谈话的背景，他们以际遇恩赐给他们的颤抖和嘶哑渲染早已随岁月远去、湮没不见的某个朝代某个后花园的宫苑韵事。除了他们徒劳推测的宫中波澜，他们的一生平淡无奇。这一点信使可以想见。

信是懦夫的一次优雅的殉难。

比之那些露宿街头的不安的灵魂，《我的宫廷生活》的作者显然要来得更为高贵。他所认死了的无与伦比的血缘和他的别出心裁的心不在焉得来的各类学问保证了他的臆想能够轻而易举地越过实际生活，毫不费力地与胡思乱想一块进入子虚乌有的在信使看来纯系匪夷所思的远古宫中。

在一年临近岁末的时候，这个信使尚不知其姓甚名谁的文化僧侣还未提笔早已泪水涟涟。他在诗意的哭泣中抒写宫中哀怨的往事。

信是畏惧的一次越界飞行。

我走到这位神情疲倦的作者的窗下，我想他会在他的著作的某个较乏味的段落开始之前和我聊上几句。信使并不是来自慰藉的源泉。

信是充作朝霞的一抹口红。

房间的窗户善意地虚掩着，屋内哗哗的书页翻动声，有一种催人垂爱的温馨之感。信使愿意看到一位将拇指含在口中玩味的垂死的儿童。

"令人难以置信的是，你确实打扰了我。"他用一种布道般的语气对我说话。然后，以一种显示习惯的自如趴到窗前，朝我伸长他的脖子。

"我正在写友情和爱与死，我用的是一种模棱两可的笔法，我要用力把一个句子变得荒诞不经。你认为这是办不到的吗？"

我看着他将拇指从口中抽出，然后依次将食指、中指一一塞入。

"你的书还要写很久吗？"

"是的，因为我还要写到死者的葬礼和生者的缅怀，你要知道，这个世界上还有什么比葬礼和缅怀这类折磨人的事情更费时间的？我看没有，除了在纸上复写这类事情，我看没有。"

"据说，你在宫中生活过很长一段时间？"

"这很难说，这要等我写完全书才能知道。人不能凭空断定什么，我们至少要凭借纸上的字。"

"那么，你的书中往事从何而来？"

他露出僧侣的微笑："从写作中来呀！"

信是上帝的假期铭文。

"你能让我读几段你的手稿吗？"

"你想读哪方面的呢？是女人和丝质的披巾，还是酒和纸牌，或者秋季与扫兴的蟋蟀的郊游？"

"哪方面都行，依你。"

"依我，那就不必读了，因为我想你最好从关键的山中故事读起，但那节我还没写呢。"

信是一次温柔而虚假的沉默。

"你难道不想打听一下我从何而来？"信使将手臂搭到窗台上。"我也许刚好来自你书中的那个宫廷。这不是完全不可能的。"

在信使看来,这位天才的作者似乎害怕什么东西与他的书发生关系。

"那是我的宫廷!"僧侣非常有教养地吼叫道。

这个写书的僧侣就这样死了。他可能死于气急败坏。我不知道耳语城的历史书上有没有这种死法的记载。因为信使要谈到另一个有趣的僧侣,只好让他死掉了。

愿他的书安息。

这是一个女性僧侣,她可以坐在冬日的草垛上数日不起。耳语城远远近近的人们送她一个美丽宜人的名字:温厚的睡莲。但实际上,她是一个杀人越货的强盗。她通常在阳光直射的午间打开生擒者的颅骨,吞吃混作一团的思维的浊液。

她有无计其数的情夫,他们如亡命者般来往于耳语城和域外的荒山野岭。每年的春季,他们如野兔般从四面八方窜回到她的身边,等候她的垂青。

"我总是能洁身自好。因为我已非世间俗人,我睡莲的淫思已入化境,我的偶一为之的恶习只是欲念惯性所使然。我已对犬马般的奔走兴味索然。有僧侣的格言为证:静是一种最深刻的动。"

信是瘫痪了的阳物对精液的一次节日礼花般怒放的回顾。

温厚的睡莲在下午四点转瞬即逝的微风中柔弱地抬起她

的玉色手臂，用手指旁若无人地将油亮的乌发历史性地顺向脑后。此刻，仅有窗外的永恒阳光和回忆僧侣的初吻的一阵缱绻的鼻息。

她开口说话，像所有曾经是不幸的恋人的女性一样。她说，她说不下去。

信是初恋的旌旗。

那是个东逃西窜的人。若是在冬天，玻璃上结出了冰冷的图案，他就在屋内面壁枯坐，要不就焚烧那些涂满胡乱词句的纸片。他年轻的时候经历过几次著名的动乱，渐渐地他变得心灰意懒而又满腹牢骚。在他恶狠狠地赌咒永远离开耳语城的那个阳光明丽的秋日，他被耳语城人认定为乱世余生者的典型。当下，他就在充满每日恩典般的无微不至的关怀中陷入了秋日街头那无法自拔的狂乱自残。他的唇线因心智的迷乱而抽搐。当睡莲带着昏沉的梦意赶到街头，他的五官已在他的脸庞上拧作一团。他最后是带着白痴般的丑恶嘴脸客走他乡的。

信是时光的一次暧昧的阳痿。

有些云游四方的人士在驿道上撞见他。他逢人便说他打算以自焚谢世。因为他看见了唯一的一座住宅。"在我打开的那扇门的边上是另一扇门，透过我打开的那扇门可以看到一扇打开的门里还有一扇打开的门。现在，轮到我打开那扇关着的门了。"

"我要打开那扇典型的门。"她说。

是耳语城人葬送了他。众所周知,在耳语城,从古至今,仅仅有为数可怜的几个在街头玩把戏的蓬头垢面游手好闲的圣人在他们贫病交迫的弥留之际得过典型这一殊荣。

女僧侣的恋人那时还是个一脸稚气的孩子,他脆弱得如同一纸奏折,他叫那么多的街头欢呼吓坏了。他在忐忑不安中被告知,一个当选的典型必须在耳语城正中央的僧侣广场上披露梦呓一百至一百五十年。"温情脉脉的耳语城人呀。"他哆嗦道。

信是待燃的疯狂的柴堆。

围着他的是一群巨型侏儒。因为他们太想成为巨人了,耳语城专门用来仲裁父子纠纷的亚逻辑事务所恩准他们为小巨人。"耳语城唯一不受惩罚的事情就是胡说八道。笨蛋,笨蛋。真是耳语城的耻辱。"

信是情感亡灵的一次薄奠。

往事的追忆使女僧侣显得凄恻而优美,"我们到'锯木作坊'去吧。"

信使看见致意者在"锯木作坊"外的香樟树林里抽着卷烟。"我每周都要抽空上这儿来。"我们一块在浮动着苦香的香樟树林里徜徉,等候进入拥挤不堪的"锯木作坊"。

在耳语城"锯木作坊"就是庙宇及寺院的同义词,人们上这儿来领取尊严木片以慰憔悴之心。这些香喷喷的木片刚从一整块布满年轮的圆木截面上锯下。这可是免费的。耳语城人亲切地管它叫作：吱吱叫的尊严的源泉。

信是内心的一次例行独白。

"偷情者！"女僧侣散发着肉欲的嗓音浮过香樟树耳垂般的绿色叶瓣向致意者弥漫过来。

这树林深处的场景无疑将成为信使之旅最为色情的篇章，它无可避免地为谨小慎微的信使毫不含糊地略去。信使将从另一侧面涉及芬芳的时刻或者肌肤的触觉或者云雨之后隐隐闪现的意念之星。

信是一次悖理的复活。

正午的阳光之下，在我难以自圆其说的冬日偶然的户外暖意中，《我的宫廷生活》的不容非议的作者口含木片，一脸尊严，脚尖朝外，以四方步稳稳踱来。

"泥土是松软的。"他说道。羞红的脸孔流露出返转阳世的轻微激动。

"在那里！"我猜想他指的是阴曹地府。

"在那里！"他用叠句渲染气氛。

"在那里，爸爸的，耳语城人一个也没看见，在那里。"他继续用叠句咏叹。

他指的究竟是哪里？哪里？哪里？除了用与叠句相同的方式追问一个死而复生的人，信使很难设想存在着一条抑或一条以上的捷径。永无止境的行走并不能保证信使洞察生命世界以外的往返途径。

"我真是爸爸的背运透了。那地方节日挨着节日，连换气的机会也找不到。诞辰，忌日，命名日，纪念日，周年，百周年，千周年，万周年，甚至还有休息纪念日，一年三百六十五天，没个清静的时候。爸爸的，我跑回来了，我是回来度假的。我要像个人那样休息！"这个鬼魂大口大口地吸着新鲜空气。我估计是"锯木作坊"里太闷的缘故。

不一会儿，他丰腴的面颊已涨到橘红，用不了多久，他就能再度胜任情人的角色了。

信使回过头去，女僧侣的目光在树林间炯炯闪烁。"你是一具发光的骷髅。"她忿忿地说。

信是夫妇间对等守护的秘密。

信使和信的距离，就是外部世界和瞬间思绪的距离，就是无所不在和恍惚逗留的距离。信使是信的任性的奴仆。

信是信使的一次并不存在的任意放纵。

"我是你唯一情真意切的情人。不瞒你说，我在那里得知你在向一个过路人谈论你的草垛上的恋情，而你以深切的思眷回忆的那个最令人销魂的情人竟不是我，这真是太不人道啦。"说到此，这个鬼魂咽了口唾沫。"难道你竟把我们俩在书斋中那非常适宜描写的抱吻忘得一干二净了！"

"哪个书斋？那个遥远的宫廷中的书斋么？"女僧侣反唇相讥。

"爸爸的！正是。"

"我们在铺天盖地的醒世恒言中碌碌无为地生活,庸而不俗地创造着耳语城无比悠久的历史。在我们的耀眼得致使我们看不太清的远古岁月里,耳语城清心寡欲的先哲们先是任意捣毁了仅有的几座尚在众人臆想中的玫瑰园,然后,先哲们精心挑选了一个秋高气爽的日子,以吮吸天穹的姿势仰望自然的高处,渴慕内心的拯救来自宇宙深处的某一个修和而光滑的理性的圣地。即使我们听不清灵性的急切而不可企及的私语,我们或可能够窥见圣地风景的若干世俗的段落。自古以来,耳语城那些为朴素的睿智折磨而死的圣贤终身抱有此等可笑的愿望。"致意者目睹越过生与死的羁绊偎依而去的情人,不禁黯然神伤。

信是无休止的情爱颂歌。

信使在一面渐渐陷进泥土的颓败的城墙上小憩。趋于清冷的黄昏时分的日照正与闲置在街角的茅草作每日例行的无声的告别。晚风播送着它额外的赠予。我看见,致意者正拢着双手和驿道上那些匆匆赶路的骡马眉目传情。

"张王氏……"

"李赵氏……"

"周氏……"

"秦氏……"

他用带拖腔的颤音表达他的晚间情感。

"你在叫谁?"

"那些畜生。"他的回答一下转向干瘪以至于石冷。说罢，踩着那些沉默的乱石块一蹦一颠地走去。

在耳语城的一隅，时下正是风筝的黄昏。

风筝。耳语城人又管它叫纸鸟，布蝶，竹鹰。这是在大地上行走的人们和不可企及的云天联系的唯一方式，并且完全是一种超越尘世纷争的为虚无的美感所充盈的方式。

放风筝是耳语城人的黄昏娱乐，就跟晨间刷牙一样稀松平常。

一曲五声音阶的牧歌在执着的垂暮中为手持风筝的人们的迎风奔跑做着辽阔的背景伴奏。这单调的哼唱犹如仁慈的心灵在迅疾的默读间偶尔掺杂的游移的舌误，这纷忙的田野上洋溢着略带佶屈的和谐。

信是信念旷野中一次慢慢展开的残忍。

那些面容枯槁的僧侣成群结队在我视野的地平线上走过，他们柔弱无助的哀歌般的神情一如信使在命运的恩准下卷入的一次身不由己的行走。他们像神之子般在夕阳遥远飘摇的余晖中满怀对草木风光的景仰，手引棉线，牵着五彩缤纷的物质的玩具作着祭礼般的意念的游戏。

信是无视神意的一次对谜的奢侈的谒见。

温厚的睡莲衣裙翩然，在款步中引一只灵巧的彩蝶与无定的风向作魔幻般的纠缠和情人承诺般的温存。这平和的原野断无半点灵怪的踪迹，纯朴的民风在耳语城随处可见，那种充满脂粉气的传奇早已与变态的公案一同埋进岁月的深处，三三两两的游人在纯洁无瑕的暮色中作着日趋没落的嬉戏。

女僧侣打我跟前掠过，向我展开她的手掌："我们是六指人。"

信使看见他们确实是一些梳理晚风的能手。在我未来的记忆中，耳语城的生活细节的含义将是含混的。它们远离扼要的象征和特指的隐喻，仅以瞬间的呈现勾画光滑无比的时空魔镜上微暗的疵点。

信是对破败的一次不求甚解的钟爱。

天高云淡。我为入夜后剪灭僧侣们幽暗的烛火的冲动所驱使，尾随着致意者折入弥漫着药丸气味的僧侣集市。

"你们。是迟到者吗？"一个少年僧侣拦住我们的去路。

"不，我来找一个人。"我上前作答。

"现在，你找不到任何人，所有的人都给神话中的人物送葬去了。他们要到午夜之后启明星出现之前方能返回。"

"能让我去看看么？或许，我会碰见我要找的那个人。"

"好吧。"他无可奈何地说，"我还从来不知道，活人是那么固执。你沿着这些互相关联、彼此相像的街道去找吧。也许，你能赶上他们。"

"他们是朝哪个方向走的？"

"四面八方。"

信使从现实远方赶来。从那无从详尽转述的时光的某一刻出发。此刻，初始的印象已从远处走向我记忆的近端。所有在我之前的行走已和我的行走涓流般汇成一体。

我的语焉不详的叙述已在禁果前亚当式的乞食者的凝视之下和所述的耳语城的游历悄然分手。

信是叙述者以叙述向所述事物的剥离。

傍晚的微风吹临了这些陶醉于神话的偶像崇拜者。他们在我的四周梦游般地四处走动。他们以乞食者的哀怜之情博取人们的惠顾。他们以刽子手的无动于衷成为死亡之晨的更夫。

信是假面舞会上对陌生舞伴的一次徒劳的自我引见。

执行仪仗的六指人或拖刀而走，展示风度，或胡乱放枪，以此取乐。他们射击沿墙狭窄窗棂上随风垂荡的纸糊的洋红色饰物，然后忽地转身长吁短叹追赶着踩踏大家闺秀小家碧玉良家妇女诸如此类灵小或宽肥的鞋后跟，接着放枪打她们衬裙的花边，他们爱闻棉布绸缎发出的焦味。"嗅！嗅！嗅！"六指人公羊般满世界乱奔，他们充满情欲的身形皮影般简捷而隐晦。

"多么别致的狂欢。多么慈爱的放纵。神话中的死者有福了。他们得知耳语城人在葬礼中还能如此调笑移情，真要为没能投胎尘世而追悔莫及。"致意者在街角当下站住抒情。

"真是热闹。真是风光。"以我如此无知，也能情动于衷，可见僧侣集市果然不同凡响。

六指人是一些把玩季节的轻佻之客，他们以狱卒的矜持的麻木勉励自己度过嬗替不止的懒洋洋的春天，昏昏欲睡的夏天,乱梦般的秋天,蛰伏般睡死过去的冬天。他们以静止的升华模拟殉难的绮丽造型。他们以卑琐的玩笑回溯质朴的情感。他们在葬仪开始之前的神态兼有脸谱的癫狂和面具的恐怖。

"他们害怕仪式吗?他们不是擅于此道吗?"

"六指人不是没有牺牲精神,只不过这不是勇士的牺牲,而是狱卒的牺牲,他们与囚犯分享牢狱,但并不与囚犯分担罪恶。"致意者为葬仪前仓皇行走的六指人辩护,"他们的悲剧是狱卒的悲剧,置身其中又游离之外。"

信是陶醉于晚秋忧郁的同胞絮语。

"难道击鼓鸣枪也算得上牺牲?"耳语城人真是小题大做。

"难道还有什么事情比目睹悼念的旗帜缓缓地升起更令人心醉?"

"怎么可以将内心虚幻的放纵解释为牺牲?"

"难道情感解体时的愁苦和惨痛较之墓茔旁的挽歌不是同样狞厉不已吗?"

"哀悼应当沉痛而平静,而不是像六指人那样吵吵嚷嚷的。"信使瞥见女僧侣和她已故的情侣也夹杂在众人之中,不由对葬礼的纯洁程度深感怀疑。

"他们这是在活血运气,求丹田之韵,接下来就要沿墙书写挽联了。"

"在我看来,这些事情早该预备妥当,这简直像杂耍的节日。"

六指人仗着他们超人的腕力走笔如飞，不论笔势灵动或古拙，个个蕴蓄着超越哀挽之上的抽象之美。僧侣们写得来劲，忘情得宽衣解带，捶胸顿足以至于抱作一团，以十二指并行狂书。

信使似乎眼力不济，即使凑到跟前，依然不得要领。挽联充满尘世之俗媚，似乎是对死亡之痛的中和。

"爸爸的，爸爸的。"僧侣不断地念叨着。

我站在一旁，就如站在就人类想象而言并不存在的宇宙的旁边。信使与其素不相识的人的感情上的具体关系形同雾状。信使与他人以概念维持着可怜的观念的联系。

信是从未知的角度观察未知的状态。

我在周围世界的兴高采烈之中逐渐领悟到：信使所寻找的并不是一个确定的收信者，信使只有通过寻找使之逐渐确定。我有可能在耳语城的长着六个指头的僧侣中间获得肯定的答案吗？倘若答案是否定的，那么，我有能力驱使另外的陈述来替换耳语城令信使困惑的芸芸众生吗？假使答案依然是否定的，信使还有勇气在否定中继续前行吗？

如果漫步本身就是目的，那么，我只有将行走视为无目的的漫步了。

僧侣们虽然缺乏营养但毕竟富有教养。跑马占荒式的喧哗过去之后，嚎叫与骚动为葬礼之初景仰的默想所取代。

信使与致意者紧挨着挤在持枪的六指人中间。女僧侣则在一处藤荫遮掩的窗台下与她有争议的最佳情人相互吮吸舌苔上的唾沫消磨难挨的静默。

"你对亲昵的举动竟然如此无动于衷。"致意者就势将他纤弱的手搭到我的肩上。我无需借助任何光线来洞察他此举含义,致意者白皙的手上分明伸展出六个指头。在那矮小的拇指旁岔出的第六指鬼神般朝人世探头探脑。

"凶暴之徒。相书上这么说的。"见我入迷地注意手指家族的异端,他威胁似地为他和他同类的肌体的奇异造型进行阐释。

致意者的身子在向我渐渐地靠近中已经透出依偎的意思来了。"不近女色,酷爱男风。"不知道相书上有没有这条。

致意者的嗓音开始混浊,开始颤抖。伴随着他略带控制的呻吟,信使听取了一个为虚荣和痛苦所困扰的虚情假意者的感情历程。

六指人是一些细皮嫩肉而又表情呆板的多愁善感者,他们通常眼睛狭长而鼻子粗宽,这使他们纵使满腹柔情也难于形诸于色。他们一般多出于豪门,俗称大户人家。他们打小就与文房四宝结下不解之缘。他们幼时的恶作剧多有三至七言的韵文作注。他们倜傥的少年时代则以荒唐与风流的扩写纳入对仗工整的律诗。他们成年后的短暂而风雅的私情则由行文铿锵的散曲所表现。他们无以言告的不朽夙愿则为典雅的骈文所收藏。他们弥留之际的辞世之愿则是在道旁的坟头上有一方上好的青石有一笔遒劲的好字。

六指人的鼎盛时代早已熏染上了古籍的墨香，往事的神秘早已为代代相袭的传诵折腾得失却了任何值得记取的诗意，寓居陋室的六指人只能以清淡的寒风滋润他们皲裂的皮肤。

令人感怀的是，他们毕竟来源于一个家学渊源的整体，他们至少可以蚍蜉一撼震醒他们的千古睡思，他们至少得以戏文中丑角拖长腔调许出他们的百年之愿。

信是一次酒中自刎。

"你挠痒了我，蠢货。"我消受不了这类肉麻的接触，在死气沉沉的送葬的行列里无异于亵渎地喊叫起来。

六指人以整齐划一的目光来制止我。"你们不要这样，我是信使。"我不禁无措到裆里发虚。

他们的目光犹如僧侣的细软，它以伤春的痴情和怀古的怨愤交织而成，充满斜阳式的若明若暗的悱恻。他们是无象之象的史册。

哀思已由默想遭送到尘世之外的福祉逍遥去了，致意者在他的恩恩爱爱的故事荒原上燕口拾泥般点水而行。

送葬的行列过去了，街上阒无一人。从建筑物隙缝间吹来的劲风打着旋在空荡荡的街道间与枯枝败叶寻欢作乐，它们在墙根和道口带动起行人抛弃的废纸或果皮，迅疾地转几个舞步式的圆圈，便弃如敝屣似的舍之而去，再与沟沿或门角那些油腻的蹲伏者亲热一番，即刻钻入附近的过道或回廊无影无踪。

六指人的思绪生来以一种谦卑的姿态低俯潜行，他们暧昧的屋檐往事在黑瓦白墙间与蝼蚁之路并行不悖，他们在窨底资历深厚的米酒之畔攫取酸腐而深不可测的玄妙城府，并以枯井之侧的喑哑空寂充作问天之声，他们在槐榕之底的盘根错节间假侠肠行问罪之师，他们在坎坷的沟渠之巅作展望平川之状。

"总之，我们如沙似水般拥作一团。"致意者似乎在重温六指人的某些伦常准则。

他们所推崇备至的是列子乘风之勇，他们所鄙夷菲薄的是泥走刀锋之趣，他们来自于海上的鱼人之国，他们为他们的岛上的祖先哭泣至今。

"你这是为谁守身如玉？"

"我是个平足、宽臀、龋齿的信使。"我才不管六指人的海岛是否被泪水所淹没了呢。我推开了他。

信是一次摇篮般的方舟之旅。

信使所热情思慕的是一位语义隽永的追随者，她必须有胆量像进入一个错误那样进入我的无节制的胡思乱想。她必须把未竟的旅程视作逃避之路，在无数重复到来之前，领悟最初的茫然无措，而此刻朝我走来的女僧侣刚好兼有断线般的慈母之泪和游子般的思乡之情，她在恋情的一厢走向我情欲的侧翼。

"我对匆匆赶路的人从来具有好感，他们那一闪而过的迟疑的模样，着实招人疼爱。"

"我对路遇者同样素来怀有好感，他们那一闪而过的坚定的神情，着实令人费解。"

信使和女僧侣在隆隆作响的礼炮声中，进行无益而谨慎的交谈。

这些乌有乡的不朽者的葬仪自有他伟大的繁琐之处，火焰和颂歌同时点燃，知觉在令人晕眩的光芒之中从麻木的绝望走向净化了的空虚。红色的皮肤在恢宏的脉动催促之下种马般骚动不已，时间和方向在瞬间为欲念之流的涌动所坼裂，南方的哀痛在平坦的土壤上空久聚不散，六指人开始向神话中的人物伸出他们异化的手指。

在某些必要的省略之后，我们在不死鸟的栖息之地摸索着向对方伸出手去，诗意的描述在史记之初就被细心的默想者分行编入蝉翼般的宣纸，在洪峰到来之前的片刻宁静中，生命媾和的幻象历历在目。冲动的沉沦由西向东演化成沉沦的冲动，意念在世代相传的风俗的深处造爱，世袭的婢女在参天古树的枝杈上悬挂她们愤怒的心愿，思辨的华盖上结满了仅供鼓眼蜘蛛爬行的甜腻的网络，风格的小腹上站满了披荆斩棘的探险者，他们纤弱的骨架在互相抚摸之中格格作响。籍贯使他们告老还乡，方言使他们钳口不语。在一本糜烂的黄历的点划之间他们找到了落叶归根般命中注定的良辰吉日。

呵。幸福。

葬礼的长度令信使无法保持矜持的形象，在我看来，耳语城可以用它的恶习征服所有的信使。

"我累了。"信使几乎是在哀求女僧侣。

"谁都别想在道旁得到喘息的机会，更何况葬礼马上就要进入欢乐的部分了，你应该挺住。"

"在葬礼上怎么个欢乐法？"

"你可以和你钟爱的死者对舞，这可是难得一遇的好机会。你要预先在心里想好你的舞伴，免得到时忙中出错。"

信使不知道死者里都有谁，更何况我也没有翩然起舞的兴致。"我在一旁看看得了，兴许我还能瞧见我要找的人。"

"不可能。死者里除医生和士兵没有第三种人，而他们除了给人治病和自己得病外，从来不干别的事情。"

我透过女僧侣预言式的陈述，目睹信使所无法摆脱的名词的偏见和术语的傲慢，在六指人谱写出的一大堆出色的音乐伴奏下翩翩起舞。

信是一次警告：躯体应当休息。

信使每前进一步，都有新映入眼帘的事实告诉我，生活已以我一无所知的方式存在过了。信使设想：世界是以已知和未知并存的。在我的阅历和智慧之外活动着一个广大而神秘的世界，它们并没有在焦急地等待我去接近它们，它们只是在我的焦急的意识之外等待它们自身的命运，我不可能同时整个儿地跟它们擦肩而过。

信是能够重复张贴的无句读的标语。

我对令人艳羡的舞步，素来缺乏记忆。信使的双脚因刻意的行走而被规范至循规蹈矩的一往直前，致使将略加变幻的迂回摸进视作内心图案的晦涩的翻版。伴舞的曲子过后，在我的视线里旋转的足迹已构成了一处冰冷的迷宫。

这类穿插在葬礼间的为声色所左右的艺术活动在女僧侣对信使的痛心疾首的指摘下于我沉重的臆想间消弭得杳无踪迹。

女僧侣在她昔日情人的朗声呼唤之下弃我而去。她那水墨般溶解于苍白街景的背景似乎在说，我是那种有滋有味的过日常生活的女人，不是那种有魅力但让人难以察觉诱惑的女人。

他们结伴而行的身影似乎是末日的重奏。

信永远是过去时态的文献。

"他就在那地方。"女僧侣在拐过街角的瞬间说道。

她所说的他指谁？那地方又是哪里？没有人知道，信使也不知道。我放弃了追上前去问个明白的企图。

这一有些微耳语、些微纯静的景象令我热泪盈眶，在所有昼与夜的晴朗和阴晦之中行走的人们，你们以审美的方式永生在信使的耳闻目睹之中。

我错过了唯一的机会，我想今后不会再有谁告诉信使：某人在某处。

信是一道仅供猜测的命题。

我不知道神话中的人物是否会在尘世的仪式中以凡人所设想的非凡的方式向天庭做一次金光闪闪的升华。

这个由六指人、各色僧侣（说不准还有善良的跛脚和和蔼的罗锅）勤勉营造的耳语城确实是演奏人间神曲的天择之地。

信是神话的封口。

我们打开信，就是和他人一道共同打开逝去的故事。信的撰写者是故事中的一个角色，而收信人是另一个角色。信使是情节，是悬念，是局外人，是为超我驱使的浪子，是人们所熟悉的那个陌生人。

现在，就是那个被我们称之为夜晚的时刻。傍晚之前的白天跑到此夜的身后等候下一次的替换。有人从暗中朝我走来。

"你是谁？"他像一个操演巫术以至隐身不见的道人在暗中发问。

"从来没人这样问我。"

"为什么？"他的低沉的嗓音向我逼近，而依然不见其人影。

"这是不言而喻的。"我迅速地回顾了一下我的身世，诧异地发现，在如此梦呓般地催问下，一个有自恋倾向的信使，同时不是他自己。我是我之外的任何人。

"不可能。世间只有一个人是不言而喻的，那就是我。"

"那么，你是谁？"我仍然看不见这声音出自何处。

"神话中的死者。"

"你生前是干什么的？"我想据此来推断这个隐身人的模样。

"我生前就是个死者。我是作为一个死者被耳语城人创造出来编入神话的。"这让我心惊肉跳。

"听你的嗓音,你是个很和气的人,你能让我瞧瞧你的脸么?"我发现我既胆怯又不聪明。

"六指人没有创造我的脸。"

"呵,这真是一个疏忽。凭他们的六个指头,本来是可以把脸造得好些的,太可惜了。"

"我这就来告诉你我是谁。"信使看看四下里阒无人迹,忽然放肆起来,"我正在写一本书。你知道什么叫书么?书就是人们用一支笔或者好几支笔在一叠很厚很厚的纸上写呀写,我不说你也明白。《我的宫廷生活》正是这样一本书。这是件叫人头晕眼花手脚冰凉的差事。写完以后,我还得删掉许多因曲折的叙述而容易招致误解的段落。比如,我极为详尽地描绘了赴早朝的丞相怎样忙里偷闲地先到妃子们的窗下闻闻花卉隔夜的幽香。然后,乘若干妃子起身小解之际,消消停停地以散步的节奏从皇帝的后花园蹓跶而出。你可以毫不费力地看出,这段话里漏洞百出。首先,读者很难根据这段文字来认定这个宫廷所处的朝代;其次,显然不曾出任丞相一职的作者究竟是在哪条小径上一睹在月洞门旁探了探身的妃子们的晨间芳容的;再其次,丞相何以在一大早就具有此等闲情逸致。这样的文字有悖于我的初衷,理当删去。"

信使怎么能够就一部并不存在的著作侃侃而谈呢?我是

想介入什么群体的梦幻吗？看来清醒的自我并不能抑制扯谎的机制。

"不过，既然要写一部书，那么，总有它的道理。基于我对神明、袈裟、蒲扇以及游手好闲的钦慕，我着重撰写了《蟋蟀的郊游》一章，有关蟋蟀的品类以及它们的格调层次我在书中略去不谈，因为那样只能招来专家的非议和外行的厌烦。当然，那无疑会由考证而引来后世的荣耀，但那毕竟太遥远了。我要说的是蟋蟀和一个隐士和一个食客和一个谦卑的智者和一个女里女气的滑头和一个假女人和一场战争的故事。"

信是一次合乎规范的侵略。

"你知道，一个人倘不能谋得一官半职，他难免要舞文弄墨一番。也好以此在耳语城的历史上好歹留下一笔。《我的宫廷生活》的作者也不能免俗。这一章开始的时候，我们读到一条宽广的大道，晴好的天气再加上美好的理想，如果不是在以后的叙述中加入了女性的纷乱这个故事无疑会纯洁得令处女都感到羞愧的。首先出场的是一个英俊的食客，他很潇洒地在寂寞中走了一会儿，就到树荫底下歇息去了。他摊手摊脚地躺倒在泥地上，饥饿是显而易见的。接着出现的是精通哑语、腹语以及眉目传情脚下使绊子背后扔小石子诸等十八般交际手段的老成持重的学者。就那会儿，他还未曾学会使刀子、正宗的国术和澡盆子里脏水呛婴孩，即便如此，还是可以打他满是粉刺的脸上看出此公已得道多时。他在年轻食客的身旁俯下身去。

书能写到这种份上全是高手，往下你可以写谋杀，写同性恋，写男人间的情意和父子相认什么的。挨上什么写什么，还可以大费笔墨写了半天啥也不是，这叫闲笔。为了避免因连续出现两个男人还未出现女人而使看官扫了兴，又因为再往下还是没得女人好交代，最好的方法是写动物。这样又会蹦又会跳又会哼哼又会叫的蟋蟀便被引至光亮处，如果我不嫌麻烦我可以写写它的妹子，等等。蟋蟀的媒介也是一种象征，不过，作者夹在行文中的解释多半不可靠，它不是另有所指就是有意卖关子。再往下，隐士出现在作为背景的红太阳之前，既因逆光，又因我眼力不济，隐士浑身闪闪发光而又轮廓模糊，按说这种人最好一直藏在幕后，可又有人说文不厌诈，时下流行将神秘人物推到前台，还曰一倍其神秘云云。其实倒是有一位暂不出场的，那就是女里女气的滑头，此君这会儿正在远方一所书院里用一种在外人看来极玄的手法丈量星星的腰围，就跟他要给她们做条带褶子的裙子似的。最后就是满腹柔情的假女人，只因他长得粗壮且蓄了少许用秃了的牙刷似的胡碴儿则使人大为怀疑他是否有脚气或者狐臭。

"他们先是在树荫底下互相观察五官七窍，然后玩一种圆梦的游戏。就在这当口儿，隐士听到了蟋蟀的鸣叫……

"接下来的一切是从蟋蟀角度写的，你感到乏味了吗？"

"是的。"死者的声音在冥冥之中答道。

幸亏如此，要不然，我都不知道再怎样往下编了。《我的宫廷生活》的真正的作者不是也没有写完它么？看来这是一部难以写完的书。

对话之际，天色微明，为杰出的神话人物所刻意安排的葬礼在僧侣们热热闹闹的渲染之下临近了为避免假正经而陷入的庸俗而杂乱的尾声。

僧侣们紧紧地簇拥在一块，正用合唱的形式哼着一支有那么点缠绵的挽歌。在信使这儿隐隐约约可以听到若断若续的片断歌词。"崇高"，"无限"，"极致"，是反复多次出现的，所以听得比较真切。在一个含糊而冗长的"爱"字之后是一连串的唉声叹气。而那些自始至终浑成一片的感叹词"啊"所表达的敬挽之情则是无处不在的。

似乎是为了使人间的声音力达天庭，挽歌以一个震耳欲聋的欢呼结束在一阵稀里哗啦的掌声中。

僧侣们四散开来，要是以为葬礼在这当口儿结束了，那就错了，他们只是挨着墙角和树根喘喘气，好接着开始盛大的游行。

在信使看来，游行最好能有一位桂冠诗人参加，这样才既别致又有趣味，但从六指人懒散的模样来推测，他们可能对这类花哨的点缀不感兴趣。耳语城的葬仪搞得六指人既内向又内疚，他们的面影犹如一帧表现忧伤的版画布满了刀刻的柔和线条。

信使在耳语城的游历并未使我获得浏览所具有的粗略的领

悟。这个通向无限未来的疆域似乎是封闭的，但在它的上空仿佛萦绕着圣灵的光圈，这使得它多了一重意味深长的以供索解的隐喻。灵性在此以二维的方式活动着，这些扁平的幻想尚未被编织进有序的故事已开始脱落他们单薄的关节。他们毫无痛觉地闲躺着，奢望着一次三维的骨折。

信使向所有的行人微笑，我感到愉快应当有一种健康的表情。

六指人在他们家乡的土地上满怀朴素的家园感呼来拥去。信使在茫茫的人海里已很难找见致意者诸人的影子。我想，他们准是因为这些隆重的公益活动而乐不可支。看来，耳语城人具有得天独厚的禀赋，以保证他们将这类虚幻的集会搞得兼有庆典的气派和骚乱的氛围。

信是友情的说明书或者梗概。

号角和笛手过去了，妇女和儿童过去了，走街串巷的民间艺人过去了，著书立说的愿望也过去了，凄苦的岁月和仁慈的心灵也过去了，郁闷的才华和幼稚的遐想也过去了，余下的唯有沉默寡言的死者和单独面对信使之函的我了。

一封信的收信者无疑是存在的。这封信也可能是写给一个信使。也就是说，是写给我的。假设是这样，那么，是什么催促一个信使去投送一封给他自己的信呢？信使能够通过一封给自己的信脱离自己而又通过缥缈地寻找与信一同回到自身吗？如果这封信确实是写给我的，只要我不打开它，而是在行使一个信使的职责,那么,我就不是我自己(那个收信者)那个当信使的人,而是一个真正的信使。而真正的信使就是--个充满种种猜测的过程。倘若信使之函的使命不是结束在一次实际的投送中,而是结束在一个虚拟环境的走投无路的迷惘中,那么,语词的梦幻效应有可能直接嵌入文体所归属的那个理性的领地。那样所有的杜撰都有可能在瞬间对意识较为混沌的那部分产生一次诗意的振荡。

信是人类的生命的另一个首次或者叫作再生。

"喂!"信使听到身后传来一声富有情调的吆喝。那个曾经教导我该朝无数个方向去追赶众僧侣的少年以一种与世无争的闲散在熙熙攘攘的人群中踱步。

"您是在喊我吗?"信使以为这偶然的召唤会陡然改变我的耳语城之旅的走向,就像无数戏剧故事中惯常发生的那样——所有的心灵为之一动。

没有。信使已经不再抱有此类汹涌的内心悬念,与生俱来而又与日俱增的境遇压力下的危机感在古往今来浩如烟海的描述性转述之后无可奈何地演变成了刺激麻痹已久的感官的杀手传说,我的最高使命已成了保持期待。因为少年僧侣喊我并无特殊事由。

"看你惶惑的样子,恐怕还没找着你要找的人吧?"他跟所有上了年纪的六指人一样浑身上下透着那种阅尽沧桑的平淡的自信。

"这无关紧要,对这码事儿我已有了些崭新的想法。"

"不幸啊!"他仍旧如一位长者那样陈腐而迂阔:"新的想法未必能帮你找到你要找的人。它仅仅是一些新的想法而已。"

信使非常恼火,岂能容忍一个乳臭未干的黄口小儿喋喋不休地说三道四。

"新想法能不能帮我找着我要找的人,无关紧要,要紧的是它是一个新想法。"我感到强词夺理很有快感。由此想到长舌妇们是很幸福的。

"既然你已改变了你的初衷,何必还待在耳语城呢,你到这儿不是来送一封信的吗?"少年僧侣尽管神态悠闲,但言词犀利。

"据说,只要你赖在耳语城不走,这地方早晚会像一个虚构的故事那样,在历史和真实的逼问之下化作乌有。"信使想到有一天走在一处遗址上,并追想因为要做的事情太多因而什么都不干,以此过上了超越生活的六指人的点滴旧事不由得非常开心。对这些六合之外、无论方圆的人即便是一封有无穷可能性的信,对他们又有何用呢?

"但无论如何,你是一个信使!"

信是一出由丑角扮演主人公的悲剧。

"你这简直是在逼我,似乎我不做一个信使该做的,就要赶我走。"

"你是误入歧途,并且继续执迷不悟。倘使你找到那个收信的人，你最终还是要离开耳语城。一个人不可能在一个假设之处一直待下去的。"

怎么谁都像名宿先哲那样出言不逊而又强人所难呢？

耳语城是个让信使神魂颠倒的地方，生灵鬼魂交臂而过，奇谈怪论层出不穷，六指人不愧为是些生性诡异变化多端的人物。在他们的步步逼问之下，信使已经退到了现实感觉的尽头。

"迷乱的感觉就要来了。"少年僧侣倏地退向远方我所无法企及之处。在我障碍丛生的视觉中成了一具钢筋铁骨的大神。

"爸爸的……"我忽然想到用六指人的这句口头禅呼救也许灵验。

信使恍惚觉得驿道上挤满了人，他们在观看一个信使在烽火台上像一羽雁翼那样向虚空中垂下、坠落。躯体就如一纸信函那样在一片澄明中飘飘荡荡，听不到任何凡界抑或仙界的声音。

信是一次移动。

信使突然看到了那个收信的人。他不在他们中间。信使对我说。

那人的步态十分奇特，就如一个奔丧的孝子愁眉苦脸地在起伏的波涛前逡巡不前。他继续在信使孤家寡人般的幻觉中来回走动，四下张望，仿佛在思考怎样才能走出信使的幻觉。他不紧不慢的样子有点近似一个仲裁人员。

他让我感到他具有那样多的美德，甚至想到把他形容成德行的源泉也不过分。以至他在幻觉中的光彩一进入现实必定显得过于耀眼，使我视而不见而无力接近他。他在阳光下的影子向神话中的死者重叠过去，信使就像看见少女的目光与她注视爱人的眼睛汇聚在一起，湿润的恋情因此具有埋葬一切的威力。他朝我微笑。信使看见他露出洁白的牙齿，像海浪一样。他鲜红的舌苔和致意者一模一样，带有流浪的苦涩。我看见他流向远方，在冬天的尽头，他的眼帘低垂。从一个孩子的窗口，他的思念飘荡，沉重而且滑翔。海水蔚蓝，那么，大海沿岸的岛屿呢？那些在上的，珍重！第一次听到他的音响便跃起、振翅远去的，如今在某处盘旋。他们知道该忘却什么吗？弥留之际的岛屿。他只是在深处，在蓝色之下，把梦想送回大陆，千年如故，在秋天的道别声中，流传那些被大海遗弃的孤苦。晚安！他对那些闪烁的说，他不再诉说。潮水层层铺展，向天空和岸赠送夜的化石，在他的心潮上掠过音乐的泪珠。珍重，珍重，他把头颅浸在海水中，他说，倘若你想，无论说什么，你说吧！他尝到了那无边的孤寂，但孤寂不是他，他是梦，孤寂是蓝色，他们相互寻求，他要为它而献身，他在悬崖上挂上了他的赠言。留给沉默的石头，作为漫长岁月的慰问，当正午来临，有一道阳光，在他选中它的那一刻，失落他情感的要塞，从南向南送去他的旧式的创伤，让另一种岁月去痊愈他，他需要盐和新的伤口默默地相互守候。大海在一侧清点他的航道，风帆再次转入了他内心的河流。但是，信使看见他脱去了温文尔雅的服装，露出了戏谑的神情，他跳出了庄重的时间的行列，在耳语城的大街上同时扮演僧侣和他们以往的所有的想入非非。并且操着耳语城的方言，给我以警示：

"这一切全是特意为你而做。"

对信使来说，虔诚的行走就是肆意的拂逆，无纪元的夜晚就是亘古如初的白日，遭逢离奇的偶遇就是万劫不复的结局。一部并非别出心裁而杜撰的历史片断就是虚假的文学癔症，而非历史性陈述就是对无法遗忘的荒诞的沉默着的硕大无朋的历史及其阴影的一次不成功的遗忘。

我不知道，是否有一天，信使会成为耳语城的荣誉步行者，在耳语城洁净非凡的街道上，我是否有信心像一粒尘埃那样迈出轻盈的步履而不为神思鼓荡的僧侣所察觉。他们一如既往地沉浸在他们平凡而艰巨的创造中。我一如在别处那样，沿街行走。信使所携带的若非令人惊厥的噩耗那便是同样令人惊厥的喜讯。我不能设想，信使短暂而茫然占有的是一页空无点墨的白纸，一封纯粹的信函，一封抽象的作为概念的信。

在无法意识的行走中，信使的旅程已从无以追忆的黯淡的过去，无可阻拦地流向无从捉摸的耀眼的未来。

我想，信使还是轻轻地退出耳语城，信使预感到有什么灾难就要从天而降。诸如，在一场可供后人凄恻地追述百年之久的地震中被从容地夷为平地，而偏偏使那些极次的建筑师死里逃生，抑或叫一场滔天大水在一夜间使耳语城沦为水中宫殿而又使大量不谙水性的溺水者半死不活。

　　灾难的样式在信使的想象中如此丰富多彩，魑魅魍魉在其间忙碌不已，真要使我以为信使之函是禀告不幸的一道无人接收的谍报了。

　　最后是一个欢送场面。僧侣们站在城外的驿道旁齐声对我说：

　　"你也许，你注意，我们是说，也许，出生在一个措词的墓园，尽管我们不知你为何而来，但你确实是从一个墓园走向另一个墓园。也许，你是误入耳语城，但被你的使命所埋葬是你的唯一结局，我们这样说是因为，我们是因你而设的死者。"

　　信使想到了上帝和那首著名的歌曲的作者。眼下，他们在什么地方喝酒和做操吧？

　　"也许！"

　　我无法逃避信使的结局，便在通往遥远古代的驿道旁，就着如血的残阳挑选了一个企图逃避结局的开端：

　　"信起源于一次意外的书写。"